A. ALİ URAL'ın Diğer Kitapları:

Körün Parmak Uçları (1998, Şiir)
Yangın Merdiveni (2000, Öykü)
İmam Şâfiî Divanı (2002, Çeviri-İnceleme)
Makyaj Yapan Ölüler (2004, Deneme)
Resimde Görünmeyen (2006, Deneme)
Kuduz Aşısı (2006, Şiir)
Güneşimin Önünden Çekil (2007, Deneme)
Satranç Oynayan Derviş (2008, Deneme)
Tek Kelimelik Sözlük (2009, Deneme)
Ejderha ve Kelebek (2010, Deneme)
Bostancı Bahane (2010, Deneme)
Fener Bekçisinin Rüyaları (2011, Öykü)
Gizli Buzlanma (2013, Şiir)

aliural@hotmail.com
www.aliural.com.tr

Şule Yayınları : 148
Anlatı Dizisi : 14

Editör:
Mehmet Öğütçü

İç Düzen:
Fatma Betül Çifçi

Kapak:
Yasin Çetin

Baskı & Cilt:
Alioğlu Matbaacılık
Orta mah. Fatinrüştü sk.
No: 1-3 A Bayrampaşa
Tel: 0212. 612 95 59

Sertifika No: 12404
ISBN: 978-975-6841-35-4

Şule Yayın Dağıtım Paz. San. ve Tic. Ltd. Şti.
Alayköşkü Cad. No: 2-4 K: 4 Cağaloğlu/İSTANBUL
Tel: (0212) 528 23 57 - 528 11 46 Faks: (0212) 528 25 89
e-mail: iletisim@suleyayinlari.com
www.suleyayinlari.com

A. ALİ URAL

POSTA KUTUSUNDAKİ MIZIKA

73. Baskı

ŞULE YAYINLARI
Mart 2016

"Posta Kutusundaki Mızıka"
unutulan mektubun kefaretidir.

3 Temmuz 1998 - 16 Aralık 1999

1

Sevgili Dost,

Bir zarfı açmak kadar kalbi titreten ne vardır. Zarf mahremiyettir, mahrem olmasa da satırlar. Bir köşeye çekilinir, yalnız okunur mektuplar.

Francesco Petrarca, *"Kulübeye gece geç vakit döndüm. Bir an önce ve aklıma geldiği gibi bu mektubu yazmak için evin kuytu bir köşesine çekildim. Çünkü mektubu başka bir zamana bıraksaydım, yerin değişmesiyle belki duygularım da değişecek ve yazma arzum yok olacaktı,"* diye başlar bir mektubuna. Demek başka bir zamana bırakılmamalı mektuplar; yansıtmalı ânı. Demek bir köşede yazılmalı mektuplar.

XVI. yüzyıla kadar mektup duyguların değil haberlerin yükünü çekmiş. Bir nevi gazeteymiş, bir nevi belge. Güvercin ayaklarında taşınmış doğum müjdeleri, güvercin ayaklarında uçmuş ölüm fermanları. Sonra duyguları ve düşünceleri taşımaya başlamış mektuplar.

Mektuplar ağırlaşmış. Yanlış anlaşılır korkusuyla çekinip cümlelerden buruş buruş zarflar, bir daha, bir daha açılmış. Yaşanılan çağ ve çevre sızmış bütün mektuplara. Zengin kişilikler, derin anlayışlar, zarif titreşimler taşmış mektuplardan.

Eflatun'un Demosten'e mektup yazdığı bilinse de mektup türünün iyi örnekleri yokmuş Eski Yunan'da. Latinlerde gelişmeye başlamış; Cicero en büyük usta.

Mektuplar vazgeçilmez yaşam belgeleri olmuş sanatçıların. Eserlerini hangi duygularla verdikleri çıkmış ortaya ve hangi şartlarda. Mozart'ın 3000'e yakın mektubunda gizliymiş müziğin sırrı. Van Gogh'un tablolarının gerçek öyküsü, kardeşi Theo'ya gönderdiği 650 mektuptaymış. Her ne kadar Goethe: *"Eskiden beri mektuplara oldukça seyrek cevap veririm, ihtiyarlığımda da bu değişmedi. İki nedeni var: Boş mektup yazmak istemem. Önemli mektuplar da beni en acil ödevlerimden alıkoyuyor ve çok vaktimi alıyor,"* dese de ölümünden sonra Goethe'nin mektupları ciltlerle yayınlanmış.

Schiller, Dostoyevski, Puşkin, Byron, Keats, Abdülhak Hâmit, Ahmed Hâşim, Ahmet Hamdi Tanpınar ve Ziya Osman Saba unutulmaz mektuplar yazmışlar. Ya Voltaire, altmış yıl boyunca bütün Avrupa'ya seslenen bu dahi, yayınlanmamış olanlar hariç 18.000 mektubu nasıl yazmış?

Kimi yazarlar mektup türünü bir bildiri olarak kullanmışlar. Özellikle Herder, Schiller gibi Romantikler; *İnsanlığı İlerletmek İçin Mektuplar*, *İnsanın Sanat Eğitimi Üzerine Mektuplar* gibi eserler vermişler bu türde. Doğu'daysa bilgi ve hikmet, tamamı mektuplardan oluştuğu için *Mektubât* adı verilen eserlerle aktarılmış: Mektubât-ı Şeyh Aziz Hüdaî, Mektubât-ı Sezâî, Mektubât-ı Rabbânî, Mektubât-ı Niyazi-i Mısrî ve diğerleri.

Sonra romana sızmış mektup. Goethe, *"Mektup biçiminde roman nefis bir buluştur,"* diyerek *Genç Werther'in Acıları*'nı yazarken; Richardson, *Pamela*'yı; Rousseau, *Julie ya da Yeni Héloise*'i; Laclos, *Tehlikeli İlişkiler*'i; Hölderlin, *Hyperion*'u; Montesquieu, *Acem Mektupları*'nı; Voltaire, *İngiltere Mektupları*'nı; Balzac, *İki Gelinin Hatıraları*'nı; Reşat Nuri Güntekin, *Bir Kadın Düşmanı*'nı; Halide Edip Adıvar *Handan*'ı; Hüseyin Rahmi Gürpınar, *Mutallaka*'yı yazmış.

Romancılarımız mektuba sarılır da hikâyecilerimiz durur mu; Halit Ziya, Mehmet Rauf, Ömer Seyfettin, Yakup Kadri ve Sait Faik de hikâyelerine mektubun sihirli ve sıcak iksirini katmışlar.

Mektup türünün en belirgin özelliğinin içtenlik ve duygusallık oluşu, kadın yazarların bu türü zenginleştirmelerinde önemli bir unsur olmuş. Madame de Sévigne, Lady Montagu, Katherine Mansfield ve George Sand hatırlanırmış mektup denilince.

Bir de kadınlara yazılan mektuplar var; ne mektuplar! Ama hiçbirisi Erzurumlu İbrahim Hakkı'nın dört hanımına aynı kâğıtta yazdığı mektubun şöhretine ulaşamamış.

Peygamberler krallara boyun eğdirmişler mektuplarla, vezirler bağışlanmak dilemişler sultanlarından, mahkûmlar mektuplarla tünel kazarken, hakimler zarfların içinde mahpus kalmışlar.

Sevgili Dost,

Mektubun tarihine girip talihini unuttuk. En son ne zaman mektup yazdığımızı, en son ne zaman mektup aldığımızı hatırlayabilirsek, belki mektubun talihini değil ama talihsizliğini hatırlayacağız.

İnsanlar birbirine mektup yazmalı. Çünkü mektupta sesin tonu belli olmaz. Çünkü mektup düşünülerek yazılır. Birdenbire ağzımızdan kaçan kelimeleri hiçbir şey geri getiremez. Söylediklerimizin üstü çizilemez. Çünkü söylediklerimiz dinlenmeyebilir; sözümüz kesilir, içeriye o anda biri girer, okunan mektupsa mutlaka tamamlanır.

Sevgili Dost,

İlk mektubumda, ne kadar çok söz ettim mektuptan sana. Mektuptan söz ettim çünkü kâğıdın mektuba dönüşmesi, kurşunun altına dönüşmesinden daha az hayret verici değil. Mektuptan söz ettim, çünkü elinde tuttuğun kâğıt artık kâğıt değil.

Ne Fuzûlî gibi dokuz akçe maaşımı alamadığım için şikâyetnâme yazacağım. Ne Bağdatlı Rûhî gibi kırk bir beyitlik bir manzumeyle anlatacağım. Kânuni'nin "Ben ki Sultân-ı Salâtîn ve Burhan-ı Havâkîn" diye başlayıp "Ve sen ki France Vilâyeti'nin kralı Françeskosun" diye sadede geldiği mektubunun taahhütlü olarak iade edildiği bir zamanda sana ne yazacağım?

Sevgili Dost,

Sana ne yazacağım ki, ellerim titremeye başladı. Tokatlı Kânî'den ödünç aldığım iğneli dilim dolaştı. "Ne güzel!" diyecektim oysa, bir dostla yanında değilken konuşmak. Ne güzel diyecektim, mektup mu; yazarak susmak.

2

Sevgili Dost,

Sana mektup yazacağımı söylediğim günden beri bir telaş yaşanıyor postanelerde. Her postacı mektubu kendisi ulaştırmak istiyor sana. Güneşe tutulsa zarf, ilk kelimeler okunur mu? Mektuba nasıl başlamıştır acaba? Yaşlı postacılardan biri, *"Azîzim Efendim"* diye başlamıştır mektup, diyerek bir tahmin yapıyor. Diğeri, hayır, *"Saadetlü"*dür ilk kelime diye ısrar ediyor. *"Gözüm nuru"*, *"İki gözüm"*, *"Ruhum ve Karındaşım"*, *"Azîz ve güzîde refikimiz efendim..."* Her postacı bir şeyler söylüyor. İçlerinden biri abartıyor iyice: *"Devletlû, inâyetlû, merhametlû, veliyy-ün-niam ve pür himem efendim sultanım hazretleri..."* Diğerleri itiraz ediyorlar, bu mektup bir padişaha yazılmıyor, diye. Ya bu mektup kime yazılıyor?

Bu mektup bir dosta yazılıyor. O halde *"Sevgili Dost"* diye başlamalı.

Bir postacının elinden mi, yoksa posta kutusundan mı alacaksın mektubumu bilmiyorum. Birazdan takılacaksın satırlarıma. *"Bana mı?"* diyeceksin. Evet sana ey dost! Sana söyleyeceklerim var. Kelimeler, karınca yuvası gibi kaynıyor zihnimde. İçlerinden biri kâğıda düşüyor, yedi harfli: Dostluk.

"Bir dostluk kaldı!" diye bağırıyor pazarcı, tezgâhındaki meyveler için. *"Bir dostluk kaldı!"* Bir dosta yetecek kadar, demek istiyor. Az kaldı, demek istiyor. Ben önce bu cümleyi, *"Dayanacak, bir dostluk kaldı,"* diye anlıyorum. Sonra, *"Bir dostluk kaldı mı?"* diye soruyorum. Pazarcı, *"Bir dostluk kaldı!"* diye bağırıyor.

Bir dostluk çileği, plastik küreğiyle kese kâğıdına dolduruyor pazarcı. Kese kâğıdı gazeteden yapılmış. Gazetede satırlarım var.

Bu satırlarla doğruyorum hayatı. Bu satırlarla doğruyor beni hayat. Bu satırlarla doğuruyorum. Nur topu gibi bir çocuğunuz oldu, diyor müjdeci. Adını ne koyalım, diyor. Adını *"dostluk"* koyuyorum.

İşte Tagore'un *Avare Kuşlar*'ı da üstüme pike yapıyor. Biri omzuma konup fısıldıyor kulağıma: *"Çiğ damlası göle dedi ki: Sen nilüfer yaprağının altındaki büyük çiğ damlasısın, ben de üstündeki küçük çiğ damlası."* Ah, dostluğa bak! Kuş fısıldamaya devam ediyor: *"Güneş batıya doğru kayarken, doğu karşısında sessizce durur."* Ah, dostluğa bak! Kuş fısıldamaya devam ediyor: *"Alacakaranlığın bu bulanıklığı altında şekiller tuhaflaşıyor; alt kısımları karanlıkta kaybolmuş kuleler ve mürekkep lekesini andıran ağaç tepeleri... Sabahın olmasını bekleyeceğim ve senin şehrini aydınlıkta görmek üzere uyanacağım."* Ah, dostluğa bak!

Kuş omzumdan uçtu. Çocukken yaramazlıklarımı anneme kuşların söylemesini neden yadırgamışım bilmiyorum. Kuşlar söylüyor çünkü.

Geçen sabah senin üzüntülü olduğunu söylediler. Dokunsalar ağlayacakmışsın. Dokunmamışlar. Yine de ağlamışsın; dostun gözünden akan bir damla yaşın yeryüzündeki bütün gölleri tuz gölü yaptığını bilmez gibi. Gül ki, acılaşmasın göller. Göl ki, orada demirli kayığımız.

O kayıkla odama gelen Kızılderili, şimdi kütüphanemin rafında. Üzerinde bir bez parçası var yalnız. Ellerini havaya kaldırmış bağırıyor; ihtiyaçlarını ne kadar azaltırsan o kadar hür olursun, diye. Demek sahip oluş değil, istiğna açıyor kilidi. Demek bunun için:

"Sabah sabah insanını denedim dünyanın
Cimrilikle dolu deriler yürüyordu
Başka bir şey göremedim
Sonra kanaat kınından bir kılıç çektim
Keskin tarafıyla onlardan
Ümitlerimi kestim" diyor İmam Şâfiî.

Sevgili Dost,

Bu sözden sonra ne denebilir ki!

Belki şu denebilir:

Zarfı açmadan evvel güneşe tut ve mektubun ilk kelimelerini oku.

3

Sevgili Dost,

Tufandan önce hiç kimsenin gökteki nehirlerden haberi yoktu. Hiç kimse suyun ateşe dönüşebileceğini düşünmüyordu. Ve hiç kimse Nuh'un elindeki keserin neyi biçimlendirdiğinin farkında değildi.

Felaketle kurtuluşun, bahtsızlıkla mutluluğun kadim akrabalığından söz ediyorum. Önde olup olmadığını bilmeyen rakipler gibi, ne yarışı bırakıyor ne de galibiyet sevincini yaşıyorlar. Tokatların üzüm salkımlarına, üzüm salkımlarının tokatlara dönüştüğü bir hayatta, *"İnsanı mutlu eden şeyler aynı zamanda onun felaketinin de kaynağı olabiliyor."*[1]

Sevgili Dost,

Üzüntülerimiz, günlük hayatımızdaki ödevleri bile normal bir şekilde yapmamızı engelliyor. Kederin

---

1. Goethe.

ağına takılan balıklar, çırpına çırpına ölüyorlar. Mutluluk bir seyahat şekli olması gerekirken, bir türlü ulaşılamayan hayali istasyonlar haline geliyor. Yüzlerimiz, hüznün yüzlerce elbisesinden hangisini seçeceğine bir türlü karar veremiyor. Aynı hava sıcaklığında bir gün üşürken, bir başka gün terleyebiliyoruz. Bir gün kahkahalarla güldüğümüz bir espriye, bir başka gün tebessüm etmekte zorlanıyoruz. Su bazen sıfır derecede donmuyor, bazen kaynamıyor yüz derecede.

O halde, *"Bizi mutlu kılan şey şartlardan çok, ruhumuzdur."*[2] İstemekle değil, istememekle hür olan ruhumuz.

Sevgili Dost,

Hürriyet, istememekse, neye çağırıyor bu reklam panoları? Bizi diğer insanlardan (ya da insanların daha az imkâna sahip kısmından) farklı kılacak bir ayrıntı nasıl oluyor da gözlerimizi ışıldatabiliyor? Pahalı paltolarla ısıtılan bedenlerimiz, acaba çıplak ruhları için nasıl bir giysi öneriyor?

Sevgili Dost,

Zift şelaleleri akan bir tabloda, yıldızların yerde olmasına şaşmamalı. Şaşmamalı dans etmesine yılanların, yürümesine Hintli'nin çıplak ayaklarla ateş üs-

2. Voltaire.

tünde. Ama şaşmalı camların esirlerine; şayet hürriyet, istememekse.

Sevgili Dost,

Kim istemez dudak değmemiş bir pınara dayamayı ruhunu? Kim istemez meleklerle kucaklaşmayı, müjdelenmeyi cennetle? Kim istemez gökyüzünden ilahiler duymayı?

Sevgili Dost,

Mektubumu yazdığım kâğıttan bir kayık yapıyor ve bırakıyorum nehre. Bebek Musa'nın sepeti kadar güvenli. Nuh'un gemisi kadar yalnız, köpüklerin içinde.

4

Sevgili Dost,

Çağırırken yüzünü, kovarken sırtını, iki yana sallandığında ayrıldığını gösteren, *"Dur!"* derken dik, *"Geç bunları!"* derken eğik duran, açıldığında isteyen ve veren, yumulduğunda öfkelenen ve vuran, üst üste geldiğinde Allah'ı, iç içe geldiğinde kulları öven, kışın sobaların, yazın denizlerin tercümanlığını yapan, kura çekerken titreyen, bıçak çekerken titreten, makasçılarla trenlerin, terzilerle kadınların yolunu değiştiren, şekillere giren ve şekiller veren, şifreyi kurcalarken rakamları, buket yaparken çiçekleri, cinayet işlerken mermileri okşayan, söndüren ve yakan, çözen ve dolaştıran, çizen ve silen, kazan ve gömen, kuran ve yıkan, gölgesi çocuklara tavşan, büyüklere kurt masalı anlatan, kutsal kitabın üstünde sıcak, taşın altında soğuk ellerimiz var bizim.

Ellerimiz var, çünkü ellerimiz falcıların elinde okunmak için değil, âmâlar gibi okumak, ahrazlar gibi konuşmak için var. Göz ve dil gelmedi bugün. Onların sıralarında eller oturuyor. Ellerimiz bir yüzü tarif etmek için dokunuyor, ellerimiz bir sözü tarif etmek için oynuyor.

Sevgili Dost,

Pul koleksiyonu olur da el koleksiyonu olmaz mı? İşte el defterimde mavi, yeşil, kırmızı ve beyaz eller. Bu siyah el yumrukmuş, ona kadar saydıran; bu sarı el bir Çinli'nin, pirinç tarlasında bulunmuş; bu mavi el Grozni'den, hâlâ nabzı atıyor; bu el bir prensesin, değince kararıyor; Kolomb'un cebinde bulmuşlar bu kızıl eli; bu el bir dağcının, titriyor hâlâ; bir diplomata ait deniliyor bu ele, zamanında çok sıkılmış, şimdi çok sıkılıyor. Bu eller mi? Kilise avlusunda bulunmuş, sahibi bilinmiyor. Çevirmeye devam et sayfalarını defterin. Korkma, ışığı söndür ve yandığını gör; fosforlu bir hırsız elinin.

Sevgili Dost,

El el üstünde kimin eli var? Bu oyunu hatırladın mı? Bir kule, herkes elini bir başka elin üstüne koyuyor. Gözünü açsa görecek; hayır oyunu bozmuyor.

El el üstünde kimin eli var? Yalnız bu oyun var haritalarda. Etten ve kemikten bu Babil Kulesi'nin, ellerin acaba hangi katında? Ellerin hangi ellere değiyor?

Sevgili Dost,

Şimdi ben bu elleri ne yapayım? Bulunmasalar saklardım tavan aralarında. Atsınlar diye görenler ellerini, ellerimi dilencilere atardım.

Sevgili Dost,

Eğer yeryüzündeki bütün elleri bir masanın üzerine koysalar, elini bulabilirdim onların içinden.

5

Sevgili Dost,

Zarfın üstüne ismini yazıp postanedeki memura uzatıyorum. Memur zarfı geri uzatıyor bana. Üzerine yaşadığın şehrin ismini yazıyorum. Memur başını iki yana sallayıp, yine geri veriyor zarfı. Bu defa oturduğun semtin ismini ekliyorum. Hayret, zarf yine karşımda. Cadde ismi de yetmeyince, sokağının adını yazıyorum. Fakat memur ısrarla kaşlarını havaya kaldırmaya devam ediyor. Bu sefer apartmanın ismini yazmak zorunda kalıyorum. Memur, *"Numarası!"* diye azarlıyor beni. Apartmanın numarasını da yazıp, hışımla veriyorum zarfı. Memur ayağa kalkıyor. Bir adım geri çekiliyorum. *"Daire numarasını da yazacaksınız!"* diyor nazikçe. Daire numarasını da yazıyor, sonra kendimden emin bir şekilde gülümseyerek uzatıyorum zarfı. Memur önce cebinden bir mendil çıkartıp alnındaki terleri siliyor. Sonra sesini kalınlaştırarak: *"Pul!"* diyor. *"Pul!"*

Demek yazdıklarımı sana ulaştırabilmek için küçük bir bedel ödemem gerekiyor. Elimi cebime atıp bozuk para arıyorum. Bozuğum yok. Cüzdanımdan çıkarttığım kâğıt parayı uzatıyorum memura. O, kâğıt parayı önce parmaklarıyla yokluyor, sonra ışığa tutuyor. Aman Allahım! Yüzündeki ifade değişiyor memurun. Bağırmaya başlıyor:

– *Sahte bu, sahte! Bu mektubu gönderemezsin!*

İkinci cümlede gizli bir sevinç seziyorum.

Sevgili Dost,

İşte eline geçmeyen son mektubumun hikâyesi bu. Postanedeki memur haklıydı. Çünkü Sokrates'in, *"Hiç bilmemek eksik bilmekten yeğdir,"* sözünü bilmese de eksik bir adresle gönderilen mektubun yerine ulaşamayacağını çok iyi biliyordu.

Sevgili Dost,

Eksik bilgi bizi yanlış adreslere götürür. Arkadaşlıklar, dostluklar, ortaklıklar ve evlilikler hep bu yüzden biter. Kim bilir hayatımızda kaç kez, *"Nasıl da tanıyamamışım!"* demiş, kaç kez ince buz tabakasına aldanıp üzerinde yürüdüğümüz gölün soğuk sularında bulmuşuzdur kendimizi.

Sevgili Dost,

Hayat, bilgi istediği gibi bedel de istiyor. Ekmeği tanıman yetmiyor, onu sofrana götürebilmek için bedel de ödüyorsun. Postanedeki memurun "pul!" diye feryat etmesi boşuna değil. Hayat bedel istiyor.

Sen Sevgili Dost, elde ettiğin şeyler için nasıl bir bedel ödediğini düşünüyorsun? Ya elde edemediklerin için? Evet, bazen de bir bedel ödememize rağmen eli boş döneriz. Çünkü, ipeği pamuk, altını gümüş fiyatına almak isteriz. Bir de hiç bedel ödemeden elde ettiğimizi düşündüğümüz şeyler vardır. Halbuki zaman bu düşüncemizi doğrulamaz. Zira bedelsiz alındığı düşünülen şeylerin bedeli daha ağırdır.

Sevgili Dost,

Postanedeki memur, kâğıt parayı ışığa tutarak *"sahte"* olduğunu anladı. Sen nasıl ayıracaksın sahteyle gerçeği? Acaba nasıldır sahtesi basılamayacak dostluğun resmi?

Sevgili Dost,

İnsan bir bakışla ne görebilir?

6

Sevgili Dost,

Yaprakların arasında hışırtı, çalıların arasında ıslık, camların arkasında uğultu oluyor. Sazlıkların arasında derviş, diz boyu otların içinde rakkas; nereye değse oraya dair bir ses çıkartıyor. Aramasa kapıları gıcırdatmaz, kiremitleri uçurmaz, balıkları korkutmazdı. Aramasa ne paltoların yakaları kaldırılır ne gemilerin çapaları indirilirdi. Yedi kat gök olduğu gibi, yedi kat ses vardı. Zamana ihtiyacı vardı ve bu yüzden koca bir çölü bir kum saatine girmeye ikna etmesi zor olmadı.

Bir dağı akort ederken kan ter içinde kalmış, bir ormanı akort ederken hayvanlarını ürkütmüş, bir nehri akort ederken çok susamıştı. Hangi burguyu çevirse can yakıyor, hangi burguyu çevirse canı yanıyordu. İnce sesler kopuyor, kalın sesler kopartıyordu. Fısıldadı olmadı, sesini yükseltti olmadı, kırbaçladı olmadı. Sesleri terbiye edemiyordu. Yedi kat gökte aradığı sesler yedi kat yerin altına inmişti. Akordu biten bir deniz aniden yükseliyor, akordu tamamlanan bir kayık aniden batıyordu.

Sevgili Dost,

Rüzgâr tebdil-i kıyafet edip halkın arasına karıştı ve hakkında söylenenleri işitti. Boşuna çaba sarfettiğini, akort edilen her şeyin ayarının bozulacağını söylüyorlardı. Kulaklarına inanamadı, eli ayağı titredi ve tebdil-i kıyafetten vazgeçip yakalarından sarstı. Hemen aralarından bir sözcü seçtiler. Kızdığı zaman neler yapacağını çok iyi biliyorlardı. Ona aramaya devam etmesini söylediler. Akort etmekten vazgeçmesini de. Hadi bir de ipucu versinlerdi: Dudağı olmayan insanların yaşadığı bir kentte yaşıyordu. Bir cebe sığacak kadar küçük, bir orduyu çıldırtacak kadar büyüktü.

Sevgili Dost,

Rüzgâr, peşine karı, yağmuru, doluyu, çiçek tozlarını, yaprakları, kum zerrelerini, ağaç kabuklarını ve müsvedde kâğıtlarını taktı ararken. Çok gezerek ve çok okuyarak bildi. Akort etmekten vazgeçip üfledi sadece. Kış tünelinden karları, yaz tünelinden meyveleri, sonbahar tünelinden yaprakları püskürttü. Aradığını unutup çiçek tozlarıyla oynadı baharda. Aradığını hatırlayıp değneğini vurdu her taşa.

Sevgili Dost,

İşte orada! Yaprakların arasından sızan güneşi zayıf omuzlarına yüklemeye çalışıyor. İşte orada, rüzgâr gözlerini ovuşturuyor: *"O mu?"* Ağaçları hafifçe sarsıp uyandırıyor: *"O mu?"* Onlarsa uyanırken kızarak hışırdıyorlar: *"O mu?"*

İşte oradaydı ve tarif edildiği gibi cebe sığacak kadar küçüktü. Rüzgâr elleriyle yokladı kendini ve cebi olmadığını fark etti. Olsun dudakları vardı.

Sevgili Dost,

Orkestra şefleri ellerini yere indirmiş, yeryüzünün bütün enstrümanları susmuştu. Şimdi sadece onu dinliyorlardı. Yedi kat ses, yedi kat göğe değiyor, yedi tünelden geçip yedi tepeli şehre, oradan da yedi düvele yayılıyordu. Bütün enstrümanlar toplanmış ve sözcü olarak mızıkayı seçmiştiler. Mızıka bütün notaların müsveddelerini temize çekiyordu.

Gökten mızıka yağıyordu ve insanlar şemsiyelerini açmıyorlardı. Çok geçmeden renk renk mızıka dereleri oluştu. Mızıkanın ciğerlerine rüzgâr doluyor, mızıkanın çıkardığı rüzgârda uçurtmalar uçuruluyor, mızıkalar göllerde nilüferler gibi çoğalıyordu.

Sevgili Dost,

Üzerinde pul ve adres yoktu ama postacı şaşırmamıştı. Ama şaşırtmıştı alıcı, almayınca mızıkayı kutudan. Mızıka dışarıyı seyrediyordu gözleme deliğinden, pencereden rengi gözüküyordu. Rengi beyaz olsaydı açılır mıydı kutu? Ağzını bıçak açmayan beyaz bir zarf olsaydı!

Sevgili Dost!

Posta kutusu açılmadı. Önünden geçenler bir mızıkayı nasıl okuyacaklarını düşünüyor, gayri ihtiyari ellerini dudaklarına götürüyor, sonra bir sobaya dokunmuş gibi hemen geri çekiyorlardı.

Mızıka gözleme deliğinden dışarıyı seyrediyordu. Kar ne güzel yağıyordu, güneş ne güzel açmıştı, yağmur nasıl çiseliyordu. Mızıka üşüyordu, mızıka terliyordu, mızıka yanıyordu.

Sevgili Dost,

Posta kutusundaki mızıkanın tahtası karardı, tenekesi paslandı ama o hâlâ dışarıyı seyrediyor.

Sevgili Dost,

Kar ne güzel yağıyor!

7

Sevgili Dost,

Sen de bu sabah perdelerini çektiğinde gizli bir sevinçle, *"Kar yağmış!"* dedin. Sonra haber verdin evdekilere. Herkes pencerelere koştu. Zaten perdeler, aylardır bu manzarayı gösterebilmek için, kapanıp açılıyordu. İlk kar, ağaçların, kedilerin ve kasketlerin rengini değiştirdi. Bu yüzden ısıtıyor.

Her sabah yeni bir manzara görecekmiş gibi camlara koşup, değişen hiçbir şey olmadığını görmek ne soğuk. Düşüp yuvarlanan bir bozuk paranın peşinden koşarken, kelimelerin üzerine basa basa yürümek ne soğuk! Dizlerine kadar gömüldüğün karda yürümekte ne var! Boğazına kadar battığın kelimelerin içinde yüzmek ne soğuk!

Sevgili Dost,

Kulaklar işgal altında. Bu yüzden kelimeler yere dökülüyorlar. Ağızların kapıları kırık. Bu yüzden kelimeler ayağa düşüyorlar. Bu söz yığınlarını kim kaldıracak? Hiç kimse. Ama azarlanacak, sokaktan, *"Bak ne buldum,"* diye kelime taşıyan çocuklar evlerine. *"At o pis şeyi,"* denilecek onlara. Çocuklarsa yıkayıp bazı kelimeleri saklayacaklar yastık altlarında.

Sevgili Dost,

İlaçların üzerinde, *"Serin yerde muhafaza ediniz,"* yazarken kelimelerin üzeri boş. Kelimeler ilaç değil çünkü. Kelimeler aç! Yalanın soğuğu koruyor şimdi onları. Yüzyıllar öncesinden kalmış bir ceset gibi koruyor. Bu yüzden kaçıyorlar güneşten köşe bucak. Kasketlerini eğiyorlar yüzlerine tanınmamak için.

Sevgili Dost,

Ama tanıyorum yine onları. Utandırmamak için tanımamazlıktan geliyorum. Kulak kesilecek bir söz kalmadığını görüp Van Gogh gibi kulağımı kesiyorum.

Sevgili Dost,

Rejisör bir filmde rol almak isteyen genç kıza, *"İki kelimeyi istediğim gibi söyleyebilirsen, sana rol verebilirim,"* demiş, genç kız da, *"Tabii söylerim. Nedir bu iki kelime?"* diye sormuştu. Rejisör, *"Sadece üç kere bana, 'Gel buraya!' diyeceksin,"* demiş, genç kız, bundan daha kolay ne var diye düşünürken rejisör konuşmaya devam etmişti:

"Birincisinde sevgilinle bir münakaşadan sonra ona artık ayrılman gerektiğini söylüyorsun o başı eğik kapıya doğru giderken, ceketinin cebinde tabanca olduğunu fark ediyorsun. Hayatına son vereceğini seziyor, birdenbire onun senin için her şey olduğunu anlıyor ve büyük bir pişmanlıkla:

- Gel buraya! diyorsun.

İkinci olarak, kendini küçük bir çocuğun annesi yerine koyacaksın. Çocuk dört yaşında. Sen ona bayramlık elbiselerini giydirmiş, balkonda oturmasını, hiçbir yere gitmemesini sıkı sıkıya tembih etmişsin. Sana itaat etmiyor ve sokağa fırlıyor. Tam o sırada köşede bir kamyon beliriyor ve çocuk bir anda yere düşüp çamurlara bulanıyor. Allah'tan ezilmiyor. Sen dehşet içindesin. Bir yandan Allah'a şükrederken, diğer yandan sana itaat etmediği için çocuğa son derece kızgınsın. İşte bu duygularla ona:

- Gel buraya! diyorsun.

Son olarak da bir tacirin karısısın. Kocan iflas etmiş. Evin dışında alacaklılar kocanı linç etmek için bekliyor. Fakat kocan, onuruna dokunan bu durum karşısında kalbine sıktığı bir kurşunla can veriyor. Sen de sokak kapısını açıp, dışarıdaki kalabalığın elebaşısına:

- Gel buraya! diyorsun."

Sevgili Dost,

Kızın bu sözler üzerine filmde rol almak istemekten vazgeçip geçmediğini bilemiyoruz. Bildiğimiz, sesin tonunun kelimelere hayat verdiği ya da öldürdüğüdür.

Sevgili Dost,

Gel buraya!

8

Sevgili Dost,

Postanedeki kargaşadan, mektubumu aldığını anladım. Mektubu sana ulaştıran postacı, bundan sonra gelecek bütün mektupları kendisinin götüreceğini söyleyince ortalık karışmış. *"Tanımadan kıymet vermek de ne oluyor?"* dedim kendi kendime. Kuzum sen nasıl davranıyorsun ki insanlara, bir kere tanışan ayrılmak istemiyor. Halbuki sevgi, ayrık otları gibi rastgele büyümemeli kalbimizde. İtinayla seçilmeli toprak; ağacı görmek istediğimiz yere ekilmeli tohum. Çünkü toprak tohumun kıymetini bilirse izin verir dışarıya çıkmasına. Demek lunaparkta rastgele attığımız halkaların, isabet etseler de bize kazandıracağı fazla bir şey yok.

Bak ne diyor Stefan Zweig:

"Hayır, sağlamları, kendine güvenenleri, gururluları, neşelileri, sevinçli olanları sevmenin anlamı yok-

tu; onların ihtiyacı yoktu buna. Bu gibiler sevgiyi sanki kendilerine ödenmesi gereken bir borçmuş gibi, yukarıdan bakarak, umursamaz bir halle kabul ederler. Bir insanın kendisini vermesi, onlar için gelişigüzel bir olay, saçlarına taktıkları bir süs, kollarına geçirdikleri bir bileziktir sanki.

Ancak kaderin tokadını yemiş, kendine güvenlerini yitirmiş, hor görülmüş, çirkin yaradılmış olanlara sevgi gerçek bir destek olur. Yalnız böyleleri bilir sevmeyi, sevilmeyi; şükran duygularıyla, alçak gönüllülükle sevmek gerektiğini ancak onlar bilir."

Sevgili Dost,

Bana gidişi önleyemediğini söyleme! Akıl freninin patladığını söyleme bana. Ağaçlar hayatın semboluyken neden sana ölümü hatırlatıyor? *"Silmeye uğraştıkça, silgiyi bastırdıkça üzerine, iyice gömülüp sabitleşiyor,"* diyorsun. Bu, durmak istediğin zaman aniden frene basmaya benziyor. Çünkü frene basmak, kolay olduğu kadar tehlikelidir de. Asıl mesele sürati ayarlamak, tehlikeyi sezmek ve frenin son direncini kaybedeceği, son ânı hesaba katmaktır. Bu hem ölçü, hem de zaman işidir.

"Aklımızın ardından gidelim. İnsanların takdiri de canı isterse arkamızdan gelsin," diyor, Montaigne. Biliyorum, şimdi içinden, *"Duygularının peşinden gi-*

den biri mi söylüyor bunları?" diyorsun. Evet, öyle! Sevgili Dost, duygularımızı makinelerin çarklarına vermeyelim elbette. Elbette binlerce metre yüksekten bırakalım kendimizi boşluğa. Ama sırtımızda bir paraşüt olmasının bize ne zararı var? Çinliler, *"Akıllı bir adam yalnız kendi tecrübelerinden, daha akıllı bir adam başkalarının da tecrübelerinden yararlanır,"* demişler. Sen bu sözün neresindesin?

Sevgili Dost,

John Stuart Mill'in, *"Ne zor şeydir sevilen birini katletmek!"* sözünü önüme bir kalkan gibi tuttuğunu görüyorum. O kalkanı sana aynı düşünürün bir başka sözüyle indirtmek isterim: *"İnsanlar gibi devirler de yanılmaz değildirler; zira her devre hâkim olan birçok düşünceyi sonraki çağlar yanlış bulmakla kalmamış, aynı zamanda saçma saymışlardır."*

Evrenin güneşi, *"Sabır, musibetin vurduğu ilk andadır,"* sözüyle yakıyor deniz fenerini. Dalgalar susup, durgunluk esir aldıktan sonra geceyi, sabrın ne anlamı var! *"Bir insanın erdemi, tehlike saatinde belli olur,"* diyen Schiller de biliyor bu gerçeği. Sen Kadıasker Kınalızâde Ali Çelebi'nin, *"Ayrılık gecesinde sağ kalırsak, şaşılmamalıdır; ecel postacısı karanlıkta evimizi bulamaz da ondan,"* dediğine bakma. *"Gece ilerledikçe mum küçülür,"* diyen Li Tai-pe'yi dinle. Korkma, eriyor üzüntünün mumu.

Sen, buzdağlarının dokuzda sekizinin su altında olduğunu ve yerkürenin 23 derece eğik olduğunu biliyorsun. Ben de kalbinin hâlâ güneş görmemiş tenler kadar beyaz olduğunu biliyorum. Dante'ye ne anlattın ki, *"Kardeş, yapma! Bir gölgeden başka bir şey değilsin, karşında gördüğün kişi de bir gölge ancak,"* dedi.

Sevgili Dost,
Sahi Dante'ye ne anlattın?

9

Sevgili Dost,

Her defasında bu iki kelimeyle başlıyorum mektubuma. Çünkü bu iki kelimeden her biri, gücünü diğerinden alıyor. Sevgili olunmadan dost, dost olunmadan sevgili olunmuyor. Eğer bir ruh beraberliğiyse dostluk, iki ruhu bir kılan nedir? Nedir bileşik kaplardaki su seviyesinin sırrı? Demek, *"Dost insanın bir ikinci kendisidir."*[1] Demek, *"Sevgi hiç ayırt etmez; sevenle sevilen aynı şeydir."*[2]

— Kim o?

— Senim!

Böyle bir diyalogda kapının varlığından kim söz edebilir?

---

1. Cicero.
2. Alain.

Sevgili Dost,

Herkesin seviyormuş gibi yaptığı, ancak sevginin ne olduğunu pek az kimsenin bildiği bir zamanda yaşıyoruz. Belki de bütün zamanlar böyleydi. İmam Şâfiî'ye,

"O kadar insanla dostluk kurdum ki
Ellerim dolu sanıyordum
Başıma bir belâ geldiğinde
Kimseye acımayan zamandan şiddetliydi
Dostlarımın ihaneti," dedirten hangi duygularsa ondan yüzyıllar önce yaşayan Hesiedos'a,

"Sevme beni sözlerle, şuurlu ol
hem de duy içinden
Seversen beni eğer, samimi olmalı duygun
Ya sev ta içten
Ya tamamen bırak," dedirten de aynı duygulardı.

Sevgili Dost,

Sevginin sözden fiile geçmesi midir yoksa dostluk? Gerçek sevgi, insanın *"Ben"* sınırlarını aşıp bir başka insanın hayatından da sorumlu olduğunu düşünmesi midir? *"Birbirlerini sevenler, birbirlerine duydukları sevgi nispetinde diğerinin iyiliğini isterler,"* diyen Aristo'dan, *"Sevmek, sevilen kişinin en iyi taraflarını desteklemek, keşfetmek ve teşvik etmek demektir,"* diyen Alain'e kadar birçok filozofun sevgiyi, sevilenin gelişiminden duyulan *"Haz"* olarak algılaması bize yardımcı olabilir mi? Bu gelişimin faydacılıktan çok feragatle mümkün olacağını düşünmek bir anahtar verebilir mi elimize? Anahtar varsa, kapının arkasında ya da önünde olmanın ne önemi var!

Sevgili Dost,

Aristo'nun tabiriyle, *"Birbirlerine hoş ve faydalı görünmedikleri gün birbirlerini artık sevmeyen,"* dostlarla ne işimiz var. Bizim, peygamberi ısırmasın diye ayağını yılan deliğinin üstüne kapatan Ebu Bekir'imiz, suikastı haber alınca peygamberin yatağına yatan Ali'miz var. Son yudum suyu birbirlerine gönderip susuz şehit olan sahabilerimiz var. Bizim, *"İman etmedikçe cennete giremezsiniz, birbirinizi sevmedikçe iman etmiş olmazsınız"*, *"Sizden biriniz kendisi için sevdiğini Müslüman kardeşi için de sevmedikçe (istemedikçe) gerçek mümin olamaz"*, *"Size aranızdaki sevgiyi artıracak bir şey söyleyeyim mi, selamlaşınız"*, *"Hediyeleşin ki aranızdaki sevgi artsın,"* diyen bir peygamberimiz var! *"Sevelim, sevilelim, dünya kimseye kalmaz,"* diyen Yunus'umuz, düşmanın attığı taştan değil, dostun attığı gülden incinen Hallac-ı Mansur'umuz var.

Sevgili Dost,

Dostluk gündüz görünmez; o, ateşböceği gibi yalnız geceleyin parlar.[3]

3. Küçük Şey Yoktur'dan.

10

Sevgili Dost,

Her şey yolda bulduğum buruşturulmuş bir kâğıt parçasını açmamla başladı. Bir kartopu gibi sıkılıp atılmıştı yere. Yolumun üstündeydi ve tekmelemiştim. Yürümeye devam ettiğimden yine karşıma çıkmış, ikinci kez tekme atacakken vazgeçip yerden almıştım onu. Ne olduğunu merak etmiş, çevrede kimsenin olmamasından cesaret alarak, bir duvarın üstüne oturup ağır ağır açmaya başlamıştım. Buruşturulurken çok sıkılmış olmalı ki, yavaş yavaş açmasam yırtılacaktı. Çok geçmeden dağlar, denizler, akarsular ve ovalar hışırtıyla değmeye başladı elime; bir haritaydı bu.

Kâğıt yumağını açtıkça, yeşilin, mavinin, kahverenginin ve sarının tonları birbirine karışıyor, merakımı da içlerine alarak yeni renklere dönüşüyorlardı. Bir yandan haritayı yırtmamak için parmaklarımı bir cerrah dikkatiyle oynatıyor, diğer yandan açılan kısmı dizimin üstüne koyup ütülüyordum avuç içimle. İşte bir parçayı daha yırtmadan açabilmiş ve yatırmıştım dizime. İşte yine elimi kızgın bir ütü gibi sürmeye başlamıştım kâğıda. Ne olduysa o anda olmuş, elime değen bir yumuşaklıkla ürpermiştim. Elim kâğıdın bir bölümünde, bir dudağın üzerinden geçiyordu. Kâğıdın buruşuk yüzü ütülenmek istemiyor, dudaklarını oynatıyordu.

Haritaya tekrar dikkatle baktım; kurumuş dere yatakları önce yavaş yavaş, sonra hızlanarak suyla doluyor, köpükler çıkararak akmaya başlıyordu. Zirvelerden küçük taşlar yuvarlanıyor, peşlerinden daha büyüklerini sürükleyerek dağın eteklerine kadar iniyorlardı. Ovaları gösteren yeşil tonlara elimi sürünce başakların ürpertisi içimi doldurdu; rüzgâr yeşilliği dalgalandırıyor, tarlaları denize çeviriyordu. Haritayı tekrar bir kartopu gibi sıkıp yere atmalı ve uzaklaşmalıydım oradan. Tam buruşturmaya başlamıştım ki elimin yine bir dudağa dokunduğunu hissettim. Onu bulduğum yerde bırakamaz, hiç görmemiş gibi uzaklaşamazdım yanından. Yolda bulduğum buruşturulmuş haritanın bir yüz olduğunu fark ettiğim zaman artık çok geçti.

Sevgili Dost,

O günden beri kiminle yüz yüze gelsem bir harita görüyorum; küçük ya da büyük ölçekli, fiziki ya da siyasi, basit ya da mufassal. Her harita, Mona Lisa'nın esrarengiz tebessümüyle aydınlanıyor, göllerine, bataklıklarına, akarsularına, vadilerine, dağlarına, demiryollarına, ormanlarına, şehirlerine, vahalarına ve buzullarına çağırıyor beni. Soruyorum: *"Ne zaman çizildiği bilinmeyen bir haritanın davetine icabet edilir mi?"* Şehirlerin surları, ülkelerin sınırları, dağların karları, ağaçların yaprakları duruyor mu yerinde? Köprülerinin üstünden kediler, altından sular geçiyor mu hâlâ? Trenlerini soyuyor mu haydutlar? Narlarından kan fışkırıyor mu?

Sevgili Dost,

El yordamıyla çizilmiş basit bir krokiydi gördüğüm ve ben onunla iki sokak öteye gitmeyi başaramamıştım. Halbuki ne kadar kolaydı çizgiler. Elimle koymuş gibi bulacakken, elimden düşmüş gibi kaybettim. Bir yere götürmek için değil de, bir yerde bırakmak için çizilmişlerdi. Babilliler ın kil tablet üzerine çizdikleri yeryüzünün ilk haritaları kadar sade, Babil Kulesi'nde konuşulan diller kadar anlaşılmazdılar.

Sevgili Dost,

Haritaları kim karıştırdı bilmiyorum. Kaptan, dalgaların kudurduğu, karanın rüya olduğu bir anda elindeki haritanın bir çöl haritası olduğunu fark etti dehşetle. Pilot, rotasını tespit etmek için açtığı haritanın fay hatlarını gösteren bir deprem haritası olduğunu gördü. Hacca giden karıncanın cebinde define haritasının ne işi vardı?

Sevgili Dost,

Altı yüzü vardı ve beşini boynuna takmıştı. Altıncı yüz, altıncı his gibi olacakları önceden sezdiriyor, perdelere rağmen sızdırıyordu. Gölgeler, ışığı ihbar ediyor, harita imitasyon bir tablo gibi asılıyordu duvara. Ben mi? Yüzlerinden birini koparıp boynundan atıyordum havaya. Yüzlerinden birini iki avucum arasına hapsediyordum: "Tura!"

Sevgili Dost,

Kabuğun altındakini arıyorum. Çakımla çizip, ağacın öz suyunu akıtıyorum. Arzın merkezine seyahat gecikti. Kadranın altını merak ediyorum. Hangi çark kurutuyor gölleri? Hangi dişli denizi kudurtuyor? Hangi maşa küstürüyor kraterleri? Hangi mil kuyuların gözüne çekiliyor? Hangi kol değiştiriyor yolunu trenlerin? Hangi zemberekten fırlıyor bu göz bebekleri?

Sevgili Dost,

Derin bir kanyondan geçiyorum. Kızılderililer oklarının ucuna zehir sürüyorlar. Aylardır sadece kaktüs yiyorum. Dikenleriyle kırbaçlıyorlar dudaklarımı.

Sevgili Dost,

Şimdi Piri Reis'in haritasını yeniden çizmenin zamanı. Bana siyah bir kalem kes gecenin dallarından. Boğuyor keşfedilmiş yerlerin haritaları.

Sevgili Dost,

Şimdi Piri Reis'in haritasını yeniden çizmenin zamanı. *Fecr-i kâzib*'e doğruyu söylet. Arala köstekli saatin kapağını.

11

Sevgili Dost,

Mektubun gelmedi. Bu sana yazmamı engellemiyor. Asıl mektup gelmediğinde yazılmalı. Çünkü yazmamak da bir mektuptur, yazılandan daha güçlü satırlar içeren. Susmak ve konuşmak yerini bulduğunda ortaya çıkar melodi. Piyanonun tuşları, yan yana durdukları halde susmayı bildiklerinden dinletiyorlar kendilerini.

Söylenen her söz binamıza yeni bir tuğla ekler. Bu yüzden ağzımızdan kaçmamalı kelimeler. Onlar bizim mahkûmlarımızdır, izin verdiğimizde çıkmalılar dışarıya. Publis Syrus ne kadar haklı: *"Konuştuğuma çok kere pişman oldum. Fakat sustuğuma asla!"*

Sevgili Dost,

İnsan, yazdıklarına da pişman olabilir. Çoğu kez bu pişmanlık, konuşmadan duyulan pişmanlıktan daha ağırdır. *"Ağzımdan kaçtı,"* denilebilir de *"Kalemimden kaçtı,"* denilemez. Kalemden kaçılabilseydi, önce yazarı kaçardı ondan. Yazarı kaçardı, evet; *"kalem sahibi"* değil, *"kalem esiri"* olduğundan.

Necip Fazıl'ın eski şiirlerinden birçoğunu sonradan reddederek, *"Mal sahibi bensem, bunları istemediğim, tanımadığım ve çöplüğe attığım bilinsin,"* demesi; Câhiliye Devri'nin en büyük şairi Lebid'in, Kur'ân indikten sonra kalemini kırması, kalemden kaçma girişimleridir. Fakat kalemden kaçmak, kaleden kaçmaktan daha zordur. Hayatınızın hiç beklenmedik bir anında, kurnaz bir nöbetçi gibi sırıtarak karşınıza çıkabilir yazdıklarınız; hatta öldükten sonra bile bir nebbaş gibi soyabilir mezarınızı.

Şems-i Tebrîzî'nin, *"Şimdi daha ne zamana kadar putu koltuğunda taşıyarak namaza geleceksin? Allahuekber, Tanrı Uludur diyorsun. Münafıklar, ikiyüzlüler gibi putun koynunda duruyor,"* sözü, beni hep korkutmuştur, kalemim putum olur mu diye. Putum olursa onu kırmaya gücüm yeter mi Lebid gibi? Ya kıramazsam?

Sevgili Dost,

Kuyumcu bir arkadaşın var mı, mizanını ve mihenk taşını ödünç alabileceğin? Cesaretin var mı sözlerini ve yazdıklarını tartıp ölçmeye? Mürekkebin var mı; neden durakladın? Valery, *"Her şey bir duraklama ile başlar,"* diyor, demek başladın.

Sevgili Dost,

Özledim seni. Özlem yazdırıyor; ödeyerek telifimi. Schumann, *"Çalarken seni kimin dinlediğini umursama,"* diyor.

Bense umursuyorum, kimin dinlediğini.

12

Sevgili Dost,

Bu sabah kuş sesleriyle uyandım. Ne güzel değil mi? Hayır, güzel değil! Açık penceremden ok gibi dalıp yastığıma saplanan karga sesleriydi. Kuş sesleri dediğimde aklına asla karganın gelmediğini biliyorum. Bu, karganın da bir kuş türü olduğunu bilmeyişinden değil, karganın türünün en önemli özelliği olan güzel bir ötüşten mahrum oluşundan elbette. Yüzümü yıkarken, acaba diyordum, acaba türümüzün en önemli özelliklerini taşıyor muyuz? Hareketlerimiz ve sözlerimiz nerelere saplanıyor? Acaba *"İnsan"* denince hatırlanıyor muyuz?

Sevgili Dost,

"İnsan" deyince aklıma, Kur'ân'ın kalbi *"Yâsin"* geliyor. *"Yâsin"* yani *"Ey insan!"*

Önceki gün her taşına üzüntünün ve acının sindiği bir evdeydik. *"Yâsin"* okudum. Oğlunu kaybeden anne, kocasını kaybeden gelin, babasını kaybeden çocuklar ve ağabeyini kaybeden dostum dinliyorlardı beni. Ben taziyeye gelmiştim ama, otuz dört yaşında arkasında dört çocuk bırakarak âhirete göçen birinin yakınları için söylenebilecek her sözün, eksik ve yetersiz olduğunu bildiğimden, önce sustum, sonra *"Yâsin"* okudum.

"Yâsin" yani *"Ey İnsan!"*

"Şüphesiz ölüleri ancak biz diriltiriz. Önden gönderdikleri işleri ve bıraktıkları eserleri yazarız. Zaten biz her şeyi apaçık bir kitap olan Levh-i Mahfuz'da sayıp yazmışızdır,"[1] âyetini okurken Zeyd bin Sâbit'in, Enes bin Mâlik'e söylediği şu sözü hatırladım:

"Ey Enes! Bilmez misin adımlar yazılıyor!"

Montaigne, *"Ölümün bizi nerede beklediği belli değil, iyisi mi biz onu her yerde bekleyelim,"* diyerek insanın istese de gecikemeyeceği en önemli randevusunu hatırlatıyor. Bunun üzerine ajandalarımızı karıştırıp böyle bir randevumuz olup olmadığına bakıyoruz: Hayır, böyle bir randevu gözükmüyor. Eliot gibi, ölümün ne kadar çok kurbanı olduğunu çok az hatırlıyor ve çok çabuk unutuyoruz:

"Bir kış sabahının kirli sisi altında
Londra Köprüsü'nden bir kalabalık seli aktı

1. Yâsin, 12.

Bu kadar çok,

Ölümün bu kadar çok kurbanı olduğunu düşünmemiştim."

Hz. Ömer, her sabah kapısına vurup *"Ölüm var ey Ömer! Ölüm var"* demesi için adam tutuyor. Bize, *"Kelepir daire var!"* diyen emlakçılar nasıl hatırlatacak ölümü. Türümüzün en önemli özelliklerinden olan *"Hafıza"* devre dışı kalmaktan, sadece dostların telefonlarını ezberinde tutmaktan ne zaman kurtulacak?

Sevgili Dost,

Öldükten sonra hatırlayacak mısın beni? Neler hatırlatacak ve nasıl hatırlayacaksın? Bir yıl sonra aklına gelecek miyim? Ya beş yıl sonra?

Montana'nın Choteau kasabası yerlilerinden 75 yaşındaki Billy Miller, on yıldır her sabah 11'de şehre iner, atını hep aynı yere bağlar, bütün gününü arkadaşlarıyla geçirdikten sonra, güneş batarken evine dönermiş. Günün birinde adamcağız ölmüş, atı da çiftlik arazisinde serbest bırakılmış. Miller'in ölümünün ertesi günü saat 11'e doğru atın şehrin yolunu tuttuğu görülmüş. Saat tam 11'de her zaman bağlandığı yere gelen at, bütün gün orada beklemiş ve gün batarken de çiftliğe geri dönmüş. At, bu günlük programını ölünceye kadar tekrarlamış.

Ah, vefa! İnsan türünün en önemli özelliklerinden biriydin sen. Acaba türümüzün başka hangi özelliklerini kaybettik, acaba hangi özelliklerini taşıyoruz; bir at daha göndersen.

Bu sabah kuş sesleriyle uyanıyorum.

Acaba *"İnsan"* denince hatırlanıyor muyuz?

13

Sevgili Dost,

Dün gece, çocukların yataklarında olduğu saatlerde, bir çocuk parkına gittim. Sokak lambalarından kaçan cılız ışıklar salıncaklarda sallanıyor, kaydıraktan kayıyor, tahterevalliye biniyorlardı. Ben parktaki bir banka oturunca kaçışıp tekrar lambalarına döndüler. Bunun üzerine salıncaklardan biri diğerinin kulağına eğilip bir şeyler fısıldadı. Kaydırakla tahterevalli de birbirlerine bakıp gülümsediler.

Bütün gözler üzerimdeydi. Kendimi suçlu gibi hissediyordum. Onlara dokunmadan oturarak yalnızlıklarını başlarına vuruyor gibiydim. Doğrusu bir salıncağa binmek için çok gecikmiştim. Belki *"Kırılırsınız,"* diye ikna edebilirdim onları. O zaman da tahterevalli ve kaydırak, kendilerine bir şey olmayacağını söyleyerek beni ikna etmeye kalkışmazlar mıydı!

En iyisi çantamı açmaktı. Daha kapağını kaldırır kaldırmaz, o anı bekliyormuş gibi fırladılar içinden ve dağıldılar parkın içine: Güçle, hile yan yana iki salıncakta sallanıyor, tenkitle övgü tahterevallinin iki ucunda inip yükseliyor, hevesler kaydıraktan kayıyordu. Sabır, demirlere tırmanırken, suç ve ceza ebecilik oynuyorlardı. Teşekkür ve özüre gelince; onları yanımdan ayıramazdım. Birini sağıma, diğerini soluma oturttum. Uslu dururlarsa onları tahterevalliye bindireceğimi söyledim. Tahterevalliye kim yakışabilirdi onlar kadar!

Ah, denge! Sevgiyle kadirşinaslığın, zarafetle takdirin, güzellikle ahlâkın dengesi. Ayak vurularak erişilen bulutlar... Ne kadar nadir!

Ah, tahterevalli! Ey hayatın özeti! Kısa aralıklarla alçalma ve yükseliş. Güçlüyle zayıf arasında kurulamayan denge! Ey paylaşmaktaki heyecan! Senin için gelmiştim buraya. Beni ancak sen teselli edebilirdin!

Yoksa nasıl açıklardım suyun buz oluşunu, lezzetli mantarların cinayetlerini, saatine bakan yıldırımları, flaşlarını parlatan şimşekleri. Nasıl açıklardım hüznün delirişini?

İşte ay ve güneş de tahterevallide. Güneş tepede ayaklarını sallarken ay güneşi heyecanlandırmanın keyfini yaşıyor. Güneşin yere değince ayakları, ay gökyüzüne nasıl da yakışıyor!

İşte tahterevallinin önünde uzun kuyruklar oluşuyor. Aşk ve ihanet sıranın kendilerine gelmesi için sabırsızlanıyor, zulüm ve adalet ilk önce kim oturacak diye tartışıyor, hoşgörüyle kabalık, hasretle vuslat, pişmanlıkla hoyratlık, cimrilikle cömertlik, vefayla nankörlük sırada bekliyorlar.

O da ne, enaniyet kalabalığı yararak ilerliyor. Ay ve güneşi tahterevalliden indirip, tek başına oturuyor bir ucuna ve öylece bekliyor aşağıda.

Sevgili Dost,

Tahterevalliye tek başına binen, aşağıda durmayı hak eder.

Sevgili Dost

Gel ve yüksel!

14

Sevgili Dost,

Şimdi tekerlekler dönüyor. Hızlandıkça genişleyen bir çember oluşturuyor sandalyeler. Ayaklarını boşlukta sallayan, bir öndeki sandalyeye ulaşmak için kulaç atıp çırpınan, gözünü yumup uçan sandalyelerin bir çatıya konmasını bekleyen, hızlandıkça zincirlere daha çok yapışan, başı döndüğü halde rüzgârın bitmesini istemeyen, çığlıklar atan lunaparkta! Şimdi tekerlekler dönüyor. Bir oyun mu yolculuk yoksa.

Ya bu kaçıncı mektup! Ya bu kaçıncı yağmur! Mektuplar yırtılıyor, yağmurlar değil; yırtılan bir denizden yükselmişlerdir. Mektuplar yakılıyor, yağmurlar değil; kaynayan bir denizin emanetidir.

Ne tarafa gideceğine karar veremeyen bir saat sarkacı, ne tarafa gideceğini bilen akrep ve yelkovanı uğurluyor. Odanın içinde bir aşağı bir yukarı dolaşıyor. Adamın içinde bir aşağı bir yukarı dolaşıyor. İzlerini bir kutsal emanet gibi saklayacak. Ziyaretçilere kapalı bir müzede sergileyecek. Flaşlar dokunamayacak ona. Kaşıkçı elmasını adi bir cama çeviren, gözlerinin ışığı aydınlatacak.

Hey köpeğe bak! Atla yarış ediyor. Kırbaç şakladıkça atın sırtında, köpek inliyor yolun sırtında. Atın bir adımı için, köpek on adım atacak. Atın adımı, adımı atacak. Hey köpeğe bak! Atla yarış ediyor. Bırakın küstahı yarışıyor sansın. Arabayı çekmiyormuş ne çıkar, atla beraber kırbaçlansın. Kahkahalar örtüyor suçun üstünü. Gülmeyin köpeğe, kendini at sansın.

"Susamamış bu!" Ya bu?

* * *

O halde dinlenmeli, dinleyerek denizi. Bak nasıl ısırıyor hıncından kayaları. Bak nasıl ısırıyor kendi dudaklarını, göğü öpemeyince. Bir deniz feneri ucunda kayaların, bulutları çağırıyor gelsinler diye. Bir deniz feneri eğilip suya, görmek istiyor artık kendini. Ve dalgalar, deniz kaybediyor kendini. Buruşan aynaya düşerken bulutun rengi, üşüyor ayakları. Üşüyor ayakları, ısınmak için, fener suya sokuyor önce ayaklarını, sonra bırakıyor kendini kollarına denizin.

Sevgili Dost,

Deniz, *"Martım"* dese de martı uçuyor. Martı beyaz kanatlarını sürmeyecek denize. Bu yüzden belki, takılacak balıklar, martı tüyü takılan çaparilere. Deniz *"Martım"* dese de martı uçuyor. Bu yüzden vazgeçemez, bu yüzden sürülse de.

Tekerlekler dönüyor şimdi, beyaz bir iz bırakarak siyah asfaltta. Kontrast yalnızlıkları boynuna dolanıyor, *"Kol düğmeleri"* yok da, kol var mı yoksa?

Şimdi türküler söylemenin zamanıdır. Şimdi bağlamanın zamanıdır haydutu. O haydut ki, John Wayne'dir western filmlerinin; yaşlı ve kötü huylu.

"Yollar uzun
yollar, ezberlenmiş sayfalar
uyurlarken gidelim
ağlamasın çocuklar..."

Bu türküyü duydun mu?

Sevgili Dost,

Yıllardır mektubunu bekliyordum. Kendin geldin mektubundan önce. Geldin mi?

Şimdi tekerlekler dönüyor. Hızlandıkça genişleyen bir çember oluşturuyor sandalyeler. Gittin mi?

Sevgili Dost,

Görüyor musun?

15

Sevgili Dost,

Dün akşam küçük bir gezinti yapmak üzere evden çıkmıştım. Biraz yürümek, yürürken de düşünmek istiyordum. Hareket halindeyken düşünceler de harekete geçiyor. Sana gönderdiğim mektuplar hep yollarda yazılıyor.

Yürürken karşıma çıkan insanların yüzlerini inceliyorum. Coşku barındırmayan durgun yüzler bunlar; tebessümün nadiren uğradığı abus çehreler. Bir yere yetişmek ister gibi hızlı hızlı yürüyorlar.

Birden caddeyi bir gürültü dolduruyor. Koro halinde korna çalan, çılgın bir araba sürüsü giriyor yola. Tozu dumana kata kata koşan, vahşi atlara benziyorlar. Camlardan insan salkımları sarkıyor. Bir yandan ellerindeki bayrakları sallıyor, bir yandan çığlıklar atıyorlar. Kimi yumruklarını sıkıp havayı dövüyor, kimi şarkılar söylüyor. Galip gelmiş bir takımın taraftarları bunlar. Kafalarında takımlarının rengini taşıyan bereler, boyunlarında aynı renklerin kaşkolları var. Coşku denilen şey bu olsa gerek.

Aklıma biraz önce gördüğüm mutsuz yüzler geliyor. Merak ediyorum. Hangi ateş tutuşturuyor bu ıslak yüzleri. Coşkuları ne kadar sürüyor? Evlerine döndüklerinde bağırmaktan kısılmış sesleriyle neler anlatıyorlar? Ertesi gün sönmüş bir sobaya mı dönüyor o alevli şömineler, yoksa gürül gürül yanmaya devam mı ediyor?

Sevgili Dost,

Tabii olan her şey etkili ve kalıcıdır. Suni heyecanlar pastanın üzerine dökülen krema, makarnanın üzerine dökülen sos gibi geçici lezzetler tattırır bize. Aslolan bu sosun altında neyi yediğimizdir.

Sevgili Dost,

Suyun kaynaması, nehrin kendi yatağında gürül gürül akması, rüzgârın yelkenleri şişirmesi, şimşeğin yanıp sönmesi gibi insanın da tabii coşkulara ihtiyacı var; ifrata kaçmayan dengeli coşkulara.

Belki bu yüzden:

"Duygularımız hiçbir ifratı kabul etmez. Çok fazla gürültü bizi rahatsız eder; çok fazla ışık gözlerimizi kamaştırır; çok fazla yakınlık veya uzaklık görüşe en-

gel olur. Lafı çok uzatmak veya çok kısa kesmek, söylenen sözün değerini azaltır. Çok fazla zevk, ıstırapla neticelenir," diyor Pascal.

Sevgili Dost,

Solmayan heyecanı nerede aramalıyız? Yalnız bağırarak değil, kısık bir sesle bile duyacağımız heyecanı. Kulağıma öyle bir kelime fısıldamalısın ki, o kelime önce beni, sonra bütün yeryüzünü aydınlatsın. Aydınlatsın ki, havai fişekler yerini güneşe bıraksın.

Sevgili Dost,

İpucu mu istiyorsun? İşte Epictetus'tan bir külçe altın! İstersen o külçeden kolyeler, yüzükler ve bilezikler yapabilirsin. İstersen...

"Olimpia'ya gidip atletizm müsabakalarını görmek için, uzun bir seyahate katlanırsınız. Fidyas'ın güzel bir heykelini görmek için de, daha uzun bir yolculuğa katlanır ve onları görme zevkini tatmadan ölmeyi büyük bir felaket sayarsınız. Fakat Fidyas'ın heykellerinden çok üstün olan ve görmek için de pek uzağa gitmeye gerek olmayan, ne o kadar zahmete ne de o kadar yorgunluğa mal olmayan, her yerde görülen eserleri seyretme arzusunu asla duymayacak mısınız? Acaba asla aklınıza kim olduğunuzu ve niçin doğmuş olduğunuzu düşünme kaygısı gelmeyecek mi? Tanrının, bil-

meniz ve tanımanız için gözünüzün önüne serdiği, kâinatın o kadar imrenmeye lâyık manzaralarına hiç dikkat etmeden mi öleceksiniz?"

Sevgili Dost,
Bana öyle bir kelime söyle ki hiç eksilmesin.

16

Sevgili Dost,

Bir şehrin en güvenilir yeri sence neresidir? Şehrin neresinde kendimizi güvende hissedebilir, mızraklardan ve oklardan emin olabiliriz? Yalnız paltomuzu değil, zırhımızı ve sadağımızı da bırakacağımız kapı hangisidir? Hangi pencere açıldığında rüzgârı bizi üşütmez. Hangi merdiven çıkıldığında yormaz kalbimizi?

Sevgili Dost,

Bir şehrin en güvenilir yerinin hastaneler olduğunu söyledi bir doktor arkadaşım. *"Çünkü savaşta bile hastaneler bombalanmaz. İçinde beyaz önlüklü insanlar dolaşır; gözlerin perdelerini çeker, kalplerin tıkanıklığını açarlar. Siz yüzlerinin asıklığına aldırmayın, 'altın gibi' kalpleri vardır,"* dedi. Ben de ona bir hikâye anlattım:

"Adamın biri gidip, son zamanlarda gözlerinin dışarı fırladığını ve kulaklarının da devamlı uğuldadı-

ğını söyleyerek doktordan yardım istemiş. Doktor adamı muayene ettikten sonra ciddi bir eda ile başını sallayıp, bademciklerinin alınması gerektiğini söylemiş. Adam bademciklerini aldırmış; fakat bunun bir faydası olmayınca başka bir doktora gitmiş. Bu doktor ise adama bütün dişlerini çektirmesini söylemiş. Adam bütün dişlerini çektirmiş ama ne gözlerinin patlaklığı geçmiş ne de kulaklarının uğultusu dinmiş. Bunun üzerine adam üçüncü bir doktora görünmeye karar vermiş. Bu doktor altı aylık ömrü kaldığını söyleyince adam çok üzülmüş. 'Madem ki yakında öleceğim, bari o vakte kadar krallar gibi yaşamalıyım,' demiş. Gıcır gıcır son model bir araba almış, üniformalı bir şoför tutmuş, şehrin en iyi otelindeki bir daireye yerleşmiş, en lüks terziye yirmi takım elbise diktirmiş. Hatta gömleklerini bile bir gömlekçiye sipariş etmiş. Gömlekçi, 'Kol 16, yaka 34' diye ölçülerini alırken, adam, 'Yaka 33' diye düzeltmiş. Gömlekçi tekrar ölçüp '34' diye ısrar edince adam: 'Ama ben hep 33 yaka giyerim,' demiş. Bunun üzerine gömlekçi omuz silkip: 'Siz bilirsiniz, ama ben sizi uyarıyorum 33 yaka giymekte devam ederseniz, gözleriniz patlar, kulaklarınız da uğuldar,' demiş."

Sevgili Dost,

Gardiyanlık yapan bir arkadaşımsa bana bir şehrin en güvenilir yerinin, hapishaneler olduğunu söyledi. Yüksek duvarlar, dikenli teller, parmaklıklar ve kilitler mahkûmları koruyormuş. Aslında mahkûmlar şehrin en seçkin insanlarıymış. Diğer insanlara göre suç gibi görünen fiiller aslında hayatın tabii bir parçasıymış. Bu sözleri üzerine gardiyan dostuma da şu hikâyeyi anlattım:

"Yalnız yaşamaktan bıkan bir çiftçi şehre gitti, bir kız bulup evlendi; karısını, tek atlı arabasına bindirip çiftliğinin yolunu tuttu.

Yolda atın ayağı takılıp düşer gibi oldu. Çiftçi: 'Bu bir!' dedi. Biraz sonra at yine tökezledi. Çiftçi: 'Bu iki!' dedi ve yola devam ettiler. Az sonra zavallı at, aynı şekilde ayağı sürçüp sendeleyince çiftçi: "Bu da üç!' deyip tabancasını çekerek hayvanı vurdu.

Yeni gelinin aklı başından gitti. 'Seni gidi kalpsiz!' diye bağırdı ve kocasına şiddetli bir tokat attı.

Kocası sesini çıkarmadan bir süre onu süzdü ve: 'Bu bir!' dedi."

Sevgili Dost,

Bir şehrin en güvenilir yeri, demek sence kütüphanelerdir. Çünkü kitaplar seslerini yükseltmezler. Bu yüzden kütüphanelerde derin bir sessizlik vardır. Sonra kitaplar tozlarını üzerimize üflemezler. Bu yüzden elbiselerimiz hep beyaz kalır, değil mi?

"What is this?"

Bir İngilizce kitabının bu sorusuna, *"Fazla oluyorsun!"* değil, *"This is a book"* denir. *"Bu bir kitaptır."* Ne kitap!

Sevgili Dost,

Oldu olacak, sana da bir hikâye anlatayım:

"Adam yağmurlu bir günde ıslanmamak için bir yer ararken kütüphaneye girdi. Taş masalarda çalışanların arasından geçip ağır ağır taş rafa doğru yürüdü. Üstleri oyma resimlerle süslenmiş, tahta kapaklarından zincirle duvara tutturulmuş bir cildi dikkatle raftan aldı. Taş sıraya oturdu. Cildi dizlerine koydu. Tahta kapağı açtı. Gözleriyle bile örselemekten korkarcasına bir huşu içinde papirüs üzerine elle yazılmış metni okumaya başladı:

- Bir şehrin en güvenilir yeri sence neresidir? Şehrin neresinde kendimizi güvende hissedebilir, mızraklardan ve oklardan emin olabiliriz?"

Sevgili Dost,

Ben bir şehrin en güvenilir yerinin neresi olduğunu biliyorum.

Sen de biliyorsun.

17

Sevgili Dost,

Yere çakılmadan önce paraşütünün açılabileceğini düşünerek, heyecanı daha fazla yaşamak isteyenlerden bazıları artık yaşamıyor. Ama yaşayanlar, bu anı yaşamayanlara neler yaşadıklarını gururla anlatıyorlar. Arkadaşları onlara *"çılgın"* diyor. Bu bir övgü. Aynı *"cömert"* gibi, resim altlarındaki.

Sevgili Dost,

Şimdi marifet dört ikiyle kapı almak değil, açık taş verse de kırmak. Maça yüklenmek değil, son dakika golü atmak. Sadece piyonları değil, atları, filleri, kaleleri ve veziri de hesaba katmadan, şaha kul köle olmak. Şimdi küs yaşıyor, marifet ve iltifat. Hüner ayakları üstünde durmak değil, çekiçle duvara çakılmak.

Sevgili Dost,

Sence nedir, *"âb"*ı *"su"*dan ayıran, bilmeceden başka. İster yukarıdan aşağı, ister soldan sağa, nedir ucuza almak için ilgisizmiş gibi görünenle, kıymet bileni görüp, kıymetinden fazlasını isteyen arasındaki fark? *"Her kim ki, sevmeyerek bakarsa Yusuf'u çirkin görür,"* diyorsa Sâdi, sözlüklere bakmalı? Yusuf, çirkinlik ve aşk.

Sevgili Dost,

Aşkolsun sana, herkes artırıyor diye, artırıyorsan sen de. Ve Valery'nin, *"Yalnız değer verilen insanlardan çekinmeli,"* sözü var diye, caiz mi müzayedede susmak.

Sevgili Dost,

Ne mi anlatıyorum?

Hayır, sözü bir başkasına bırakıyorum: Myra B. Welch'e. Biraz da o anlatsın:

"Üstü çizilmiş ve hasar görmüştü ve bu yüzden müzayedeci;
Pek değmediğini düşündü,
Zaman tüketmenin bu eski keman için.
Ama yine de gülümseyerek başladı.
'Evet, artırmaya başlıyoruz, baylar bayanlar' diye bağırdı.
'Kim artırmaya başlamak ister?'
'Bir dolar, bir dolar' İki! Sadece iki dolar mı?
'İki dolar, kim üç yapıyor?'
'Üç dolar, üç dolar, üç dolara gidiyor...'
Ama o anda arka sıralardan gri saçlı bir adam

Öne doğru ilerlemeye başladı ve yayı eline aldı
Sonra kemanın tozunu silkeledi.
Hoş ve basit bir melodi tıngırdattı.
Aynen meleklerin 'Carol' ilâhileri gibi
Müzik yavaş yavaş azalınca müzayedeci
Sakin ve alçak bir ses tonuyla
'Eski kemana en son ne vermiştik?' dedi.
Kemanı ve yayı eline aldı ve yukarı kaldırdı.
'Bin dolar. Kim iki yapıyor?'
'İki bin! Kim üç yapıyor?'
'Üç bin, üç bin, üç bin'
Ve 'artıyor, artıyor' diye bağırdı.
İnsanlar gülmeye başladılar, bazılarıysa çığlık atıyorlardı.
'Pek anlayamadık'
'Bu kemanın değeri nasıl birden bire artıverdi?'
Anında cevap geldi:
'Ustanın elleri değdi.'"

Sevgili Dost,
Ellerini uzat.

18

Sevgili Dost,

Her hafta sonu gibi geçen pazar da balık tutmayı uykularından daha fazla sevenler, hem Galata Köprüsü'nden hem de denizden bir pay alabilmek için saatlerini erken bir vakte kurdular. Yola düşmeden önce, yanlarına sevdikleri oltalarını ve iğrendikleri solucanlarını almayı unutmadılar. Her hafta sonu gibi geçen pazar da soğuk ve karanlık sulara daldı –misinaların ucunda- henüz toprağın ılıklığını üzerinden atamamış, kıvranan solucanlar.

O sabah da balık sürüleri geçti köprü altından; yüzmeyi ve hayatı seven. Ama açtılar ve solucanlar hiç de iğrenç gelmiyordu gözlerine. Aksine, kıpırdadıkça suyun içinde, iştahlarını kabartıyorlardı. O sabah da misinanın deniz tarafı titreyince, köprü tarafı da titredi. O sabah da yırttı ağızları kancalar.

Her hafta sonu gibi geçen pazar da okumayı uykularından daha fazla sevenler, henüz güneş doğmadan masa lambalarını yaktılar. Mesnevi'nin ilk cildinin daha ilk sayfalarından şu cümleyi tuttular:

"Herkes suya kandı, balıktan başka."

Çünkü, solucana kananın
Yoktu hakkı
Suya kanmaya.

Sevgili Dost,

Geçen pazarın "Sevgililer Günü" olduğunu bir mağazanın afişinden öğrendim. Mağaza sahibi müşterilerini seviyordu. O gün televizyon seyretmeyi uykularından fazla sevenler de bir şarkıcıdan şu sözü duyuyordu:

"Sizi seviyorum, beni alkışlarınız yarattı."

Yine o gün maça gitmeyi uykularından fazla sevenler stadyumları doldurdu; sevdikleri renkler ve futbolcular için ayağa kalktı ve bağırdılar. Antrenör futbolcularını, futbolcular topu, top kaleyi seviyordu.

Sevgili Dost,

Köpekbalığının kanı, yarasanın karanlığı sevmesinde ne var? Hüner, geceye rağmen güneşi, kana rağmen hayatı sevmekte. Oruçken su içmemekte ne var! Hüner, ölürken suyu reddedebilmekte. "İsâr" deniyor buna. Yani tercih. Yani sevmek, yani göstermek üstün olanı.

Sevgili Dost,

Yazın buharlaşmayacak, kışın donmayacak, sonbaharda yapraklarını dökmeyecek, yani hep aynı kalacak, ya da artacak sevgi. Altını görünce gümüşten, gümüşü görünce bakırdan vazgeçmeyecek. Tagore gibi, *"İstediğin zaman lambayı söndür. Senin karanlığını da tanır ve severim,"* diyecek.

Sevgili Dost,

Kimi balık tutmak, kimi okumak için, kimi televizyon seyretmek, kimi maça gitmek için, kimi okula yetişmek, kimi işe girmek için, kimi randevusuna yetişmek, kimi namazı kaçırmamak için uykularını ellerinin tersiyle ittiler.

Sevgili Dost,

Sevgi nedir?

Nedir seni uykularından vazgeçirecek şeyler?

19

Sevgili Dost,

Bulunduğu durumun farkında olmamak her durumdan daha kötüdür. Hasta olduğunu bilmeyen için doktorun, terli olduğunu bilmeyen için rüzgârın, kirli olduğunu bilmeyen için suyun, yorgun olduğunu bilmeyen için baharın ne önemi var! Ağızlarımız açılıp dişlerimize, göz kapaklarımız kaldırılıp gözlerimize bakılırken hür olduğumuzu sanıyorsak, hürriyetin ne önemi var! Ne önemi var filikanın, farkında değilsek geminin. Ey aysbergden kopan buz parçalarını, içinde yüzdürenler kadehlerinin! Kurtulmanın ne önemi var!

Sevgili Dost,

Bulunduğu durumun farkında olmamak öyle bir durumdur ki, hiçbir can yeleği onu yüzdüremez, hiçbir yangın söndürücü onu söndüremez, hiçbir ilaç tedavi edemez onu. Kaza yaptığını bilmeyen için yardım çantası bir süs, kar yağdığının farkında olmayan için zincir ağırlıktır sadece. Güçsüzlükten şikâyet ediyor! Issız adaya düşse bile kurtulacaktı, Cuma'nın farkına varsa sadece.

Sevgili Dost,

Burnuna halka takılan bir aslan göremezsin. Çünkü aslanlar kafeste bile korkutucudurlar. Ayıya aslan olmadığını izah edemezsin. Ta ki burnu sızlar soluduğunda.

Sevgili Dost,

Bir adam kendini darı sanıyormuş. Nerede bir tavuk görse, yiyecek diye nefes nefese kaçıyormuş ondan. Bir adam kendini darı sanıyormuş. Doktor, *"Sen darı değil insansın,"* demiş yıllarca. Her sabah tavuk kâbuslarıyla uyanan adam, bir türlü ikna olmuyormuş insanlığına.

Bir sabah doktor yaklaşmış yanına ümitsizce. *"İnsan olduğunu biliyorsun,"* deyince, adam, *"Evet, ben insanım,"* demiş. Doktorda bir sevinç, bir coşku, bir heyecan... Tedavi sonuç vermiş yıllar sonra. *"Haydi giy elbiselerini,"* demiş çığlıklar atarak. *"İşte iyileştin, eminsin darı olmadığından."*

Adam hızla giyinip atmış kendini sokağa. Adam gökyüzüne bakmış, sonra toprağa. Adam yürüyüp çıkmış bahçesinden hastanenin. Daha bir kaç adım atmamış ki, ne görsün; bir tavuk kendinden emin. Üstüne doğru geliyor, yiyecek. Koşmaya başlamış nefes nefese. Doktor yetiş, yoksa yetişecek!

Doktor telaşla koşmuş hastasına. *"Hani insandın?"* diye sormuş. *"Yoksa bilmiyor musun insan olduğunu?"* Adam, *"Elbette biliyorum, darı olmadığımı,"* diye gürlemiş. *"Fakat tavuklar bunu biliyor mu?"*

Sevgili Dost,

Bulunduğu durumun farkında olmamak, her durumdan daha kötüdür.

20

Sevgili Dost,

Sen mektubunu posta kutusuna atamadın ama, birileri havai fişekleri her gece gökyüzüne atıyor. Her gece evin balkonuna dökülen bu renk küllerine bakıyor ve *"Kibritçi Kız"* gibi hayallere dalıyorum.

İşte Romalılar kölelerini arenaya çıkartıyorlar. Çok geçmeden de aslanları salıyorlar üstlerine. Aslanların dişleri, kölelerin etlerine geçerken, tribünlerdeki zenginlerin haz dişleri de ruhlarına geçiyor. Son köle parçalanana kadar, hazzın titreyişleri devam ediyor ve renkler yerini karanlığa bırakıyor.

Sevgili Dost,

Şimdi kibritini çak ve bana insanların birbirlerinin acılarından nasıl zevk alabildiklerini anlat. Diyelim bunu anlatamadın, o zaman yanıbaşlarında kendilerine ihtiyaç duyan birine karşı gösterdikleri kayıtsızlığı açıkla. Bunu da mı açıklayamadın, o halde Goethe'nin, *Genç Werther'in Acıları*'nda sorduğu şu soruyu cevapla:

"Nasıl oluyor da, insanı mutlu eden bir şey, aynı zamanda onun felaketinin de kaynağı oluyor!"

Sevgili Dost,

Bakıyorum huzurun kaçtı. O halde Ahmet Hamdi Tanpınar'ı çağır yardımına. Belki o, Huzur'dan seslenebilir başkalarının acılarından zevk alanlara:

"Çünkü içinde, öldürdüğün Allah var. Sen kendi hayatını yaşamıyorsun artık. Sen bu halinle sadece bir mezar, bir tabut gibi bir şeysin. Korkunç, zalim bir ölümü taşıyorsun. Hangi hürriyet? Evet ben de biliyorum, 'O olmazsa her şey mübahtır' sananlar oldu. O'nun boşalttığı yeri, insanlığa parçalayanlar oldu. Tanrı İnsan'ı ben de biliyorum. Ne oldu? Sadece sefaletlerimizle baş başa kaldık. İnsanın talihi yine aynı talih. Aynı imkansızlıklar içindesin. Aynı ıstıraplar içindesin. Hakikatte bir şafak diye baktığın şey, bir yangındır."

Sevgili Dost,

Eşyayı olduğu gibi görmek, ruha nefes alabileceği bir ortam hazırlamakla mümkündür. Hırs ve telaş arasına sıkışmış bir insan elbette göremeyecek yanıbaşındaki insanı. Onun, vurgun yiyen dalgıçlar gibi özel bir basınç odasında kendisine gelebileceğini ümit edebiliriz ancak. Ancak o zaman çevresindekilerin farkına varabileceğini varsayabiliriz.

Peki, nedir basınç odası o halde? Bu vurgun yemiş ruhları nasıl sakinleştirebilir ve havai fişeğin lezzetinden, semavi bir lezzete nasıl taşıyabiliriz?

Sevgili Dost,

"Kalpler ancak Allah'ı anarak huzur bulur,"[1] ayetini biraz daha dikkatli okuyacak olsak, basınç odasının yerini göreceğiz. Evet, bu âyet, adına *"stres"* denen çağdaş basıncı düşürecek ilahi bir odaya, Kur'ân'a çağırıyor bizi.

Frankenstein'ın yaratığı değil, Allah'ın kulu olmak ne güzel!

Ne güzel, *"Allah en büyüktür,"* sözü.

---

1. Ra'd, 28.

21

Sevgili Dost,

Sınır, önümüze bir bahçe duvarı olarak çıkabileceği gibi, dikenli tel, çit, çizgi ve taş olarak da çıkabilir. Sınırı geçme hakkı, sınırı çizenindir ve o dilediği müstesna, bahçesine kimseyi yaklaştırmama hakkını elinde tutar. Sınırın geçilmemesi için dikenli teller yetmeyebilir, adım atar atmaz bir bacağınızı almaya hazır bir mayın, toprağın altında sizi bekleyebilir.

Sevgili Dost,

İnsan yoktu ve sınır yoktu. İnsan geldi ve elindeki tebeşirlerle sınırlar çizmeye başladı. Daireler, dikdörtgenler, üçgenler çizdi. Etrafını çizdiği alanların kenarına, *"Benim"* tabelasını iliştirmeyi de ihmal etmedi. Bir yere ilk olarak gelmek, oraya sahip olmaya yetmiyordu. Bu yüzden ne tebeşiri elinden düşürdü ne de çizilen daireler birbiriyle kesişmediği sürece geometrinin mutluluğuna bir gölge düştü. Ama ne zaman iki çember birbiri içine geçti ve ne zaman iki *"Benim"* çakıştı, o zaman sınır taşları yerinden oynadı ve sökülerek mancınıklara dolduruldu.

Sevgili Dost,

Hakkın değil, gücün belirlediği sınırları hangi dikenli tel koruyabilir? Hangi mayın, hakkını isteyen bir kalbi berhava edebilir? Arşimet'in dayanak noktasıdır hak ve kaldırılacak ağırlığa yaklaştıkça kudreti artar. Madem kaldıracın gücü dayanak noktasından geliyor, neden üzülelim?

Sevgili Dost,

Yöntem, tasarlanan amaca vardıracağını sandığımız yoldur. Tatlı dilin yılanı deliğinden çıkarması yetmez; bizi ısırmasını engelleyecek mi? Aslanı daha çok kudurtacak bir kurşun, bizi parçalamasını engelleyecek mi? Nedir kötülüğü kurutacak merhem? Kasabın keseceği hayvanı göz ucuyla aralarından seçtiği sırada, çayırda zıplayıp duran koyunların neşesi, bıçağı engelleyecek mi?

Sevgili Dost,

Bir çakal, horozun birini sabah uykusunda yakalamıştı. Horoz şöyle feryat etmeye başladı: *"Ben uyanıkların dostu, geceyi ibadetle geçirenlerin müezziniyim. Beni öldürmekten sakın. Kanımı zulüm kılıcıyla dökme!"* Çakal cevap verdi: *"Ben seni öldürmekte tek taraflı değilim ki, bundan geri durabileyim. Artık elimde irademi kalmadı. Yalnız seni şu iki şıktan birini beğenmekte serbest bıraktım. İstersen bir pençe vuruşuyla canını alayım, istersen seni parça parça edeyim de öyle yiyeyim."*

Câmi, bu hikâyeyi Baharistan'da anlattıktan sonra şu nasihatı verir: *"Şerli bir kimse sana saldırmak isterse, o belâyı, akıl tedbirlerinden başka bir vasıtayla başından savmaya çabalama; yalvarma yoluyla kurtuluş arama, çünkü onu bu kötülükten vazgeçirsen bile o, daha beter bir başka kötülük düşünür."*

Sevgili Dost,

İnsan yoktu ve sınır yoktu. İnsan geldi ve elindeki tebeşirle sınırlar çizmeye başladı.

Sevgili Dost,

Allah'ın da sınırları var.

22

Sevgili Dost,

Bazı kuyuların suyu içilmez, acıdır. Bazı kuyular derindir, görünmez suyu. Bazı kuyular kördür, göremezler. Benim kuyum, benim kuyum sevgili dostum öyle derindir ki, içine taş attığın zaman suyun sesini duyamazsın. Bağırsan sesin geri gelmez. Bakracı sarkıtsan ip yetmez.

Yalnızlığın bana yakıştığını söylüyorlar. İyi duruyormuş üzerimde; renkleri sade ve uyumluymuş. Dikimi kusursuzmuş. Bu mahir terzinin adını öğrenmek istiyorlar. Söyler miyim hiç! Konfeksiyon yalnızlıklar ne güne duruyor. Söyler miyim hiç!

Sevgili Dost,

Bana bencilce hareket ettiğimi söyleme sakın. İnsanlara güvenimi kaybettim. Terzimin adını sadece deniz fenerlerine ve Kızkulesi'ne verdim. Galata Kulesi de istedi ama reddettim onu. Çünkü o her gece koynuna yabancıları alıyor. Yalnızlık senin neyine, dedim. Neyine senin yalnızlık!

Albert Camus da tanıyormuş terzimi. Nereden mi öğrendim? Şu satırlarından:

"Son yıllarda gördüklerimiz bizde bir şeyi kırdı. Bu şey, insanın güvenidir; o güven ki insanlığın dilini konuştuk mu, bir başkasından insanca karşılık göreceğimize inandırırdı bizi. Gözlerimizin önünde yalan söylediler, insanı küçülttüler, öldürdüler, sürdüler, işkencelere soktular. Ve hiçbir sefer bunu yapanları yaptıklarının kötü olduğuna inandırmak mümkün olmadı. Çünkü kendilerinden emindiler. İnsanlar arasında sürüp giden uzun diyalog bitti."

Madem ki diyalog bitti, o halde Red Kit gibi atıma binip, *"Ben Yalnız Bir Kovboyum"* şarkısını söyleyerek yola koyulmalıydım. Islığım karanlığa karışmalı, karanlık, ıslığımdan korkmalıydı.

Ne gezer! Çok geçmeden önüme bir karaltı çıkmış, korkan ben olmuştum. Sonradan adının Epictetus olduğunu öğrendiğim biri, *"Çocuk, nereye gidiyorsun?"* diyerek beni durdurmuş, atımdan indirdikten sonra kulağıma şunları fısıldamıştı:

"Yalnız kalınca çocuklar ne yaparlar? Eğlenirler, çakıl taşı ve kum toplayarak küçük kubbeler yaparlar ve biraz sonra da onları yıkarlar. Böylece eğlenceleri

hiç eksik olmaz. Onların çocukluk ya da akıl eksikliği yüzünden yaptıklarını kültür ve akıl ile yapamaz mısın? Her taraf çakıl ve kum dolu. Aslında içimizde inşa edecek ve yıkacak o kadar çok şey var ki! Yalnızlıktan hiç şikâyet etmeyelim."

Demek ki yalnızlıktan şikâyet ediyordum. Demek içimizde inşa edip yıkacak çok şey vardı. Epictetus içimizdeki harabeleri görmediğinden böyle konuşuyordu. Yoksa, her taşı özenle yerleştirildikten sonra çöken bunca sarayın ardından, *"İnşa edip yıkacak çok şey var!"* der miydi?

Sevgili Dost,

Epictetus ıssız bir adaya düşse yanına ne alırdı?

Ya ıssız bir odaya düşse?

23

Sevgili Dost,

Bir avcı tüfeğini omuzuna asıp yola çıktığında, dönüşte çantasının dolu olup olamayacağını bilemez. Avı heyecanlı yapan da budur zaten. Balıkçı, misinanın titremesini, bütün bir denize değişmez. Bilinmeyen de budur zaten. Sen de bilmiyorsun neler yazacağımı, ben de.

"İnsan, ne yazacağını bilebilseydi hiçbir şey yazmazdı. O zahmete değecek bir şey olmazdı bu. Yazmak, insan yazsaydı ne yazardı, bunu öğrenme çabasıdır. Ancak yazdıktan sonra öğrenebiliriz bunu," der, Marguerite Duras. O halde ne duruyoruz, açalım yelkenleri! Rüzgâr birazdan esmeye başlar. Bu sıcak Temmuz gecesinde bakalım kayığımız nereye gidecek?

Sevgili Dost,

Hemen itiraz ediyor ve *"Hedefi olmayan gemiye hiçbir rüzgâr yardım etmez,"* diyorsun. Hedefi olmamak mı? Bir hedefin vurulmaktan başka nasıl bir hedefi olabilir? İşte kıpırdamadan duruyorum ve okların saplanmasını bekliyorum. Bu oyunun ismi *Dart Game.* Stres atmak için şimdi evlerin duvarlarına asıyorlar. Birine mi kızdınız, ucu sivri küçük okları fırlatıyorsunuz hedefe. Sapladıkça rahatlıyorsunuz. Kalpler Allah'ı anmakla değil, ok saplamakla huzur buluyor şimdi.

Sevgili Dost,

Biliyorsun geçenlerde bir deprem oldu. Televizyonlar, gazeteler, mucize görüntüleri yayınlamak için yarıştılar. *"Mucize"* dediler, sahibini aramadan. *"Mucize"* kelimesi sihirli ve heyecan vericiydi. Çünkü olağanüstü her şey etkilerdi insanları. Bu daha çok okuyucu, daha çok seyirci demekti. Manşet: Mucize. Ya sahibi? *"Sıcaktan kaçan ve bir ağaç gölgesine sığınan adam, ne gariptir ki, ağaçtan hoşlanmaz da gölgeyi sever,"* diyor Molla Câmi. Medya, mucizeyi seviyor. Ya sahibi?

Sahipliği yanlış yerlere vereli başımız dertten kurtulmuyor. Her seferinde mataramızdaki su bitiyor. Her seferinde salıncağın ipi kopuyor. Her seferinde mayına basıyoruz. *"Sahibim"* dediklerimiz cesetlerimizin üzerinde piramitler inşa ediyorlar. Sahibimizden uzak kaldıkça sahiplerimiz daha çok cefa edecek bize. Şükredelim, burnumuza kanca takıp gezdirmiyorlar sokaklarda. Sahi gezdirmiyorlar mı?

"Bana öyle bir yaratıcı ve Rab (Sahip) lâzım ki, kalbimin en küçük hâtırâtını, en hafî (gizli) niyâzımı bilecek... ve ruhumun en gizli ihtiyacını yerine getirdiği gibi, bana ebedî saadeti vermek için koca dünyayı âhirete çevirecek, bu dünyayı kaldırıp âhireti yerine kuracak. Hem sineği yarattığı gibi, semâvâtı da icad edecek. Hem güneşi semanın yüzüne bir göz olarak çaktığı gibi, bir zerreyi de gözbebeğimde yerleştirecek bir kudrete malik olsun. Yoksa sineği yaratamayan, kalbimin hâtırâtına müdahale edemez, ruhumun niyazını bana veremez."[1]

İşte yelkenlerimizi doldurup bizi Sahipe ve esenlik sahiline götürecek rüzgâr.

Sevgili Dost,

Derinden bir nefes al bu rüzgârdan ve Godot'yu beklemekten vazgeç. Saint-Exupéry ölmeden biraz önce: *"Çağımdan tiksiniyorum,"* demiş. Kim bilir kimlerdi *"sahipleri."* Ölümün kapısında durup şöyle diyor: *"Bulunduğunuz yer iğrenç. Ben gidiyorum."* Git bakalım Exupéry, git!

Hayır, Sevgili Dost,

Sen yerinde kal. Sahibini tanı ve birinci mevkide seyahat et.

---

1. Bediüzzaman.

24

Sevgili Dost,

Lunaparkın parlak ve renkli ışıkları evimin altmış mumluk çıplak ampullerini yendiler. Parmağım henüz düğmeden ayrılmamıştı ki, ayaklarımın kapıdan çıktığını gördüm. Kınamıyorum onları, heyecanlılar.

Yazmak için masa mı gerek? Vapurlarda küpeşteler, bekleme salonlarında duvarlar, parklarda banklar, yollarda elektrik direkleri ne güne duruyor? Ne güne duruyor dizler, yazılmayacaksa üzerlerinde. Vapurların bacaları, otobüslerin perdeleri, simitlerin susamları, tepelerin rüzgârları, ne güzel duruyor üzerlerinde. Gittiğim her yerden bir şeyler koyuyorum zarfın içine. Sen işaretlere bakıp nerede olduğumu anlıyorsun. Bu yüzden zarfları uluorta açmıyorsun her yerde. İçinden ne çıkacağını bilmediğin bir hediye paketi merakını kamçılıyor.

Sevgili Dost,

Bu kez zarfından *"hayat"* çıkıyor. Tabii hayatı zarfa sığdırmak kolay olmayacak. Üstelik mevsimlerden yaz; bunaltıcı olacak. Çünkü hayattan söz etmek eğlenceli değildir her zaman. Çünkü insan koşarken kaçar hayattan. Bu yüzden çocuklar, acı şurupları içmemek için ağızlarını sıkı sıkı yumarlar. Ama çocukların ağzı sıkı değildir; her şeyi anlatırlar. Büyüklerse susar; ağızları yanmıştır hayattan.

Sevgili Dost,

Hayattan söz etmenin tam zamanı şimdi. Çünkü dönmedolap en tepede duruyor. Hafif hafif sallandığına bakma, kalbi hızlı hızlı vuruyor. Aşağıya inmeden bir cümleyle anlatmalı hayatı. Ama yazık, salıncak aşağıya kayıyor; bu ürperiş hayat olamaz mı?

Hayır, şimdi olmaz. Ancak en yüksekteyken söz edilebilir hayattan. Hayır, şimdi olmaz!

Sevgili Dost,

Buradan parkın her yeri görülebiliyor. Her an değişiyor manzara; çocuklar bir yandan atlarının kafalarını sallıyor, bir yandan annelerine el sallıyorlar. Çığlıklar yükseliyor; gondolda cinayet var. Ahtapotlar süzülüyor parkın içine, kollarında sallıyorlar el uzatamayanları birbirlerine.

Sevgili Dost,

İşte dönmedolap yine en tepeye geldi. Hayattan söz etmenin tam zamanı şimdi. İşte dolabın yeni yolcuları. Bu dolap Yunus'un dolabı değil, inlemiyor. Bu dolapta bulunmuyor saklananlar. İşte dolabın eski yolcuları iniyor. Beni indirmeden hayattan söz etmeliyim. Dolap hareketsiz, bir şeyler söylememi bekliyor. Bulamıyorum yazık, gözlerim çarpışan arabalara kayıyor. Vakit geç olmalı; sadece bir araba, tepesinden kıvılcımlar saçarak kayıyor pistte. Sadece bir araba; çarpışacak yok kimse. Sadece bir araba; kıvılcımlar saçarak vuruyor duvarlara...

Yazık salıncak aşağıya kayıyor. Yazık; ancak en tepedeyken söz edilebilirdi hayattan.

Sevgili Dost,

İndirdiler salıncaktan.

25

Sevgili Dost,

"Baltalar elimizde, uzun ip belimizde, biz gideriz ormana hey ormana," şarkısını söyleyen çocuklar, şimdi büyüdüler. Büyüdüler ve baltalarını gömmediler. Büyüdüler ve uzun ipleriyle birbirlerini asmaya kalkıştılar. Ormana ne mi oldu? Yerine kanunlarını bırakarak kayıplara karıştı. Şimdi çıplak tepelerden, *"Dağ başını duman almış,"* şarkıları yükseliyor. Herkes yürüse de güneş ufuktan bir türlü doğmuyor.

Sevgili Dost,

Büyüyünce doktor olmak isteyen çocuklar, büyüyünce cellat oldular. Mirasları için anne ve babalarını, kalpleri için sevgililerini, ilkeleri için kendilerini öldürdüler. İskemlenin ayağına vurmak, iskemlede oturmaktan önemli oldu. Kovboy filmlerinde hapishanenin önünde birikip *"Şerif, onu bize ver!"* diye bağıran linç adamları, film bittikten sonra sinemadan çıkıp aramıza karıştılar. Bizi nerede kıstıracaklarını, nerede karşımıza çıkacaklarını bilmiyoruz. Binbir surat gibi sürekli kılık değiştiriyorlar, dolunay gördüklerinde değil, hilâl gördüklerinde kurt adam oluyorlar.

Sevgili Dost,

At hırsızlığının cezasının ölüm olduğu bir kasabada, birbirinden nefret eden insan sayısınca at hırsızı vardır. Ömründe hiç at görmemiş, hiç ata dokunmamış, hiç ata binmemiş biri de at hırsızı olabilir pekâlâ. Onu hızlı koşmasından ya da kişner gibi gülmesinden tanıyabilirsiniz. At derken yüzünün kızarması ele verebilir onu. Hadi siz de ipinizi hazırlayıp linç adamlarının arasına karışın. Sevmediğiniz komşunuzu, kıskandığınız arkadaşınızı, kızdığınız dostunuzu bindirin ata.

Sevgili Dost,

Günlerdir bardaktan boşanırcasına yağmur yağıyor. Yağmur suları şehrin göbeğini göle çevirdi. Sokakların kiri aktı, kalbimizin kiri duruyor. Yağmur suyu yumuşatırmış değdiği yeri. Rahmet! Gelin yıkmayalım, yıkayalım bu şehri!

Sevgili Dost,

Sonunda posta kutusuna bir mektup geldi. Soruyor: *"Korkmak çaresizlikten mi?", "Çaresizlik yalnızlıktan mı?", "Başlangıç mı güzel, son mu?"*

Sevgili Dost,

Yağmur korkuyu, çaresizliği ve yalnızlığı süpürüyor evimizden. Rahmet! Toprak kokusu geliyor penceremizden. Başlangıç topraktı, son da toprak. Üzülme güzel son, güzel başlangıçların olacak.

Sevgili Dost,

Yazma vakti gelince dolabımın kapısını usulca aralıyorum, ne kadar çok şey birikmiş. Yazma vakti gelince sarnıcımın kapağını kaldırıyorum, ne kadar çok şey birikmiş. Elimi daldırıp dolabımdan rastgele bir şey çıkartıyorum: İp! İpi kovanın sapına bağlayıp sarnıçtan su çekiyorum.

Sevgili Dost,

Ağaçları suluyorum.

26

Sevgili Dost,

Bildiği şehirlerden, bilmediği şehirlere, bildiği yüzlerden bilmediği yüzlere sığınmayı aklından geçirmemiş kaç insan vardır? Garların, terminallerin ve limanların dev mıknatıslara dönüştüğü saatlerde bedenlerini kaptırmayanlar, ruhlarının bir otobüs koltuğuna, bir gemi çapasına, bir lokomotif tekerleğine yapışmasını önleyebilmişler midir? *"Başımı alıp gitmek istiyorum,"* cümlesi kimbilir hayatımızın kaç kilidini kurcalamış, açayım derken kaç yeni kapı örtmüştür üstümüze. Arkaya bakmamayı başarabilenler, acaba gittikleri yere başlarını götürmeyi başarabilmişler midir? *"Tebdil-i mekânda ferahlık vardır"* diyenler, aslında *"tebdil-i kan"*ı mı kastetmişlerdir?

Sevgili Dost,

"Kalbimi alıp uzaklara gitmek istiyorum." Çünkü aklım hep kurcalanacak. *"Kalbimi alıp"* çünkü kal-

bim değişen kanı karşılayacak. *"Uzaklara"* çünkü gazeteler mürekkep, radyolar ses, televizyonlar renk yapmak istiyorlar onu. *"Gitmek istiyorum"* çünkü gitmek kalmaktan daha pullu. Bir gece kıyafeti gibi ışıl ışıl parlıyor teni. Bir gece, kıyafeti gibi soyuyor gurbetini.

Sevgili Dost,

"Garip, Şam'daki Yemen'deki garip değil, garip mezardaki ve kefendeki gariptir," demiş Araplar. Ne garip! *"Garibin yüzü soğuk olur,"* demiş Türkler. Ne garip! Eskimolar güneşin gurbetçi olduğunu düşünmüşler. Çinliler küçük beyaz bir taşın bir çuval pirinç içinde kaybolduğunu. Ne garip!

Sevgili Dost,

Hafız, *"Hiçbir yol yoktur ki sonu olmasın,"* demiş ama ne çıkar! Bizim otobüslerimizin aynalarında hâlâ, *"Ömür biter yol bitmez,"* yazıyor. *"Düz yolda da sürçer insan,"* deyince Çehov, Aşık Dertli cevap veriyor: *"Doğru gitsem yollar komaz/Bükük yollar boynum gibi."*

Sevgili Dost,

Uçak sürüleri havalanıyor yerden. Trenler, sihirbazların ipleri gibi oynuyor. Denizi yakıyor ütülerken tekneler. Perdeler sarkıyor otobüslerden.

Sevgili Dost,

İnsan tekerleği bulduğu zaman başına neler geleceğini bilseydi, bakmadan arkasından yuvarlardı onu ıssız bir yere. İnsanın elinden gelseydi, düğümlerdi yolları ıssız bir yerde.

Sevgili Dost,

"Kalbimi alıp uzaklara gitmek istiyorum."

27

Sevgili Dost,

Kâşifler, karaya yaklaştıklarını denizin üzerindeki taze dal parçalarından anladılar. Doktorlar, hastanın inlemeleriyle yetinmedi, film ve tahlil istediler. Dedektifler, cinayet mahallini kâtili çıkaracakları bir maden haline getirdiler. Hırsızlar evin ışıklarının yanmadığını görüp, anahtarlarını şıkırdattılar. İhtiyarların ayakları yağmuru ihbar etti. Rüzgâr notaya dönüştü, mızıkaya değince dudaklar.

Beş pencereli bir odada karanlıkta oturuyor. İstediği zaman perdelerini çekebileceği beş penceresi var. Sonuna kadar açmıyor, aralasa da bazen. Şamandıraları görmediğinden, köpekbalıklarına kulaç atıyor. Ekmekler taş gibi, çünkü dokunmadı. Kornayı duymadı; arabanın altında kalıyor. Bari tatsaydı, göremese de rengini. Bari koklasaydı, içmeden önce zehrini.

Sevgili Dost,

Hayır, vantirlok değilim; kalbimden konuşuyorum. Bu altıncı pencere, okunaklı yazıyorum. Siyah-beyaz anlatıyorsam sana bahçeyi, renk körlüğündendir. Tel dolapta saklıyorsam aysbergi, sıcağı sevdiğinden. Hayır. Aceleci değilim, karşıya geçmiyorum. Şaşırtmıyor beni yeşil, kırmızıyı tanıyorum aklın yırtmacından görünen.

Sevgili Dost,

Arabam yoktu ama araba vapuruyla karşıya geçiyordum. Geceydi, ellerimi küpeşteye vuruyordum. Dudaklarım kıpırdıyordu, siyahın ritmi; demek şarkı söylüyordum. Takım elbiseli, kravatlı bir adam, bir şey sordu geçmeden yanımdan: *"Kaç araba alır bu vapur?"*

Ona bir rakam söyleyebilirdim gülerek arkasından. Beni gemici sanmıştı kravatlı bu adam. Çünkü ellerimi küpeşteye vuruyordum; demek gemiyi sahipleniyordum. Çünkü şarkı söylüyordum; demek yaşıyordum gemide.

Sevgili Dost,

Deniz fenerleri asla ağzına içki koymamalı. Sarhoş gözleriyle şaşırtmamalı gemileri. Deniz fenerleri asla uyumamalı, ihmal etmemeli suyla iyi giden kahveyi. Deniz fenerleri sigara içebilir, ama silkmemeli külünü dalgalara. Deniz fenerleri denizi terk edebilir, deniz kuruduktan sonra.

Sevgili Dost,

Bir saatçi vitrinine bakıp zamanı söyleyemezsin. Güneşe bak, bir çubuk dik toprağa. Kürersen kahkahayı, hüznü görebilirsin. Güneşe bak, bir çubuk dik toprağa.

Sevgili Dost,

Kararma yağmayacaksan; kürek çekme mahkûmu olmayacaksan. Sorma tahammülün yoksa cevaba. Saati kurma durduracaksan!

Sevgili Dost,

Kaşifler, karaya yaklaştıklarını denizin üzerindeki taze dal parçalarından anladılar.

28

Sevgili Dost,

Bugün sana gıyaben tanıdığım birinden söz edeceğim. Hakkında o kadar şey işittim, o kadar şey okudum ki, henüz şahsen tanımamış olmak, ondan bahsetmekten alıkoymuyor beni. Çünkü o, her fırsatta karşıma çıkmaktan, adından söz ettirmekten ve şaşırtmaktan geri durmuyor. Öyle şaşırtıyor ki, oyuncakların pili zayıflıyor, oyunların alevi titriyor, oyuncuların rüzgârı diniyor. Öyle şaşırtıyor ki, *"Bunca şaşılacak ne var!"* dedirtiyor.

Nasıl biri mi? Şeklin ne önemi var? Üç halinde de su birbirine dönüşebilir. Önemli olan onun gücüdür. Güç, beraberinde saygıyı da getirdiğinden, ona ne kadar saygı duyulduğunu tahmin edersin. Geçtiği yerlerde bütün düğmelerin iliklendiğinden, geçtiği yerlerde bütün düğmelerin çözüldüğünden, geçtiği yerlerde bütün düğmelerin söküldüğünden söz edersem bana kuşkuyla bakar mısın!

Hayır, istikrarlıdır. Aynı anda birbirine zıt gibi görünen işleri yapması onun kararlılığına gölge düşürmez. O kadar kararlıdır ki, kendisine yapılan bütün rüşvet tekliflerini reddetmiştir. Ne istikrarlı olması onu büyük bir dalga olmaktan, ne büyük bir dalga olması sakinleştirmekten alıkoymuştur onu. Sigara içmediği bilinse de sigarayla yakın bir bağı olduğu düşünülmüştür hep.

Çocuksu bir tarafı da yok değil! Sürprizler yapmayı seviyor. Şaşırtıyor ama hiç şaşırmıyor. Saklambaç oynarken genellikle kapı arkalarına saklanıyor. Sobelendiği zaman korkutuyor. Sobelediği zaman ağlatıyor.

Bütün kapıları maharetle açtığını söylersem onu hırsız sanırsın. Tamam, bütün kapıları da ustaca kapatıyor. Arama emri var elinde, ama polis değil. Sekreteri onun toplantıda olduğunu söylemiyor. Ama randevu da alınamıyor ondan. Görüşme saatlerini hep o belirliyor.

İyi bir koşucu olduğundan şüphe yok. Ne zaman depara kalkması gerektiğini biliyor. Hakemlerin kronometreleri onun saatinin yanında oduncu baskülü gibi kalıyor. Misafirperver, ama evlerde yatıya da kalıyor.

İyi bir yüzücü. En azgın dalgalar bile onu batıramıyor. Ama o, en azgın dalgaları sabah akşam çarşafa çeviriyor. İyi bir yüzücü. Pek çok gemiyi yüzmekten vazgeçiriyor.

Krallarla arasının iyi olmadığı söyleniyor. Uğurlu sayısı yok. Bütün renkleri seviyor.

Sevgili Dost,

Binlerce kişinin ellerinin üstünde bir kayık gibi yüzüyordu tabut. Sevilen sanatçının üstüne yine çiçekler atılıyordu. Buraya kadar tamam, ama alkışlanıyordu.

Sevgili Dost,

Tabut mezara indirilirken bile alkışlar kesilmedi. Ölüm ve alkış...

Sevgili Dost,

Ölüm alkışlanıyordu.

29

Sevgili Dost,

Sana bu satırları gece yarısı şehirlerarası bir otobüste yazıyorum. 03.00'te terminalde olan tek otobüs buydu. Telaşla bindiğim için firmanın ismini dahi bilmiyorum. Bu eski otobüste sadece sekiz kişi var. Yazımın çirkinliğini bağışlattırmak için söylüyorum bunu. Çünkü otobüs sallandıkça kelimeler imzaya dönüşüyor. Yolcuların hepsi uyuyor; sadece benim üzerimdeki küçük lamba yanıyor ve loş ışığını çantamın üzerine gönderiyor.

Loş ışığın eli sıcak değildir ve insanı farkında olmadan gitmeyi düşünmediği yerlere götürür. Bu kez de beni elimden tutup kadim bir zamana, milattan önce sekizinci yüzyıla götürdü. Bu kadar eski bir otobüsle, böyle bir yolu nasıl katettiğimi sorma. Gittiğime değdiği için şikâyet etmiyorum.

Efendim, Hesiodes namlı ihtiyar filozof, daha hoş geldin, yorulmuşsundur, buyur otur, demeden başını sallayarak, *"Cahiller bilmezler yarımın bütünden çok olduğunu,"* demez mi? Daha ilk karşılaştığım birinin –filozof dahi olsa- böyle bir gönderme yapmasına içerledim tabii. Ben müsaade alayım, deyip taka otobüsüme zor attım kendimi. *"Hani gittiğine değmişti,"* diyorsun değil mi? Değdi, değdi. Anlatacağım.

Yolda, yarımın bütünden neden çok olduğunu düşünmeye başladım. Elbette tedbirli davranıp loş ışığın elimi tutmasına izin vermedim. Acaba ne demek istiyordu aksi ihtiyar. Bir kere fiziki olarak yarımın bütünden çok olması mümkün değildi. Acaba *"yarım elma, gönül alma"* mı demek istiyordu. Hayır, bu yarımın bütünden çok olduğu anlamına gelmezdi. Bir şeyin tamamına değil, yarısına sahip olmanın nasıl bir üstünlüğü olabilirdi. Adam, yarım bardak suyun bir bardak sudan daha çok olduğunu söylüyordu düpedüz.

Acaba bir şeyin tamamına sahip olmak insanı hoyrat ve küstah mı yapıyordu. Vuslattan sonra bunun için mi bitiyordu aşklar. Bunun için mi zarafeti korumak güçleşiyor ve davranışlara sızıyordu isyan.

Yoksa Hesiodes paylaşmaktan mı söz ediyordu? Paylaşılan her şeyin, paylaşılmayandan çok daha büyük hazlar vereceğini mi anlatmak istiyordu? Paylaşmayı deneyenler demek ki bölüşülen şeyin çoğaldığını görüyorlardı. Demek ki hayat buluyordu, başka hayatlarla bölüşülen hayatlar.

O ne, otobüsün tavanındaki küçük lamba yeniden yanıyor ve loş ışığın altında Albert Schweitzer'in şu sözlerini okuyorum:

"Başkalarından üstün neyiniz varsa; sağlık, üstün yetenek, başarı, mutlu çocukluk çağı, düzenli aile hayatı... Hiçbirinden doğal malınızmış gibi yararlanmamanız gerekir. Tümünün karşılığını vermelisiniz. Hayatınızı eşsiz yücelikte bir sunuyla öbür hayatlara adamalısınız."

Başkalarının mutluluğundan sevinç duymak, hem güzel hem de herkesin kolayca yapabileceği bir şey olmalı, derken, ihtiyar Hesiodes'in boğuk sesi çağlara çarpa çarpa gelip, binlerce yıl ötede yine buldu beni:

"Çanakçı çanakçıya gıpta eder, dülger dülgere, dilenci dilenciyi kıskanır, şair şairi." Yapma be Hesiedos. Oldu mu şimdi! Nasıl yok edeceğiz, bizi yok etmeden hasedi?

Sorumun cevabı gelmeden Hesiedos'un yardımına Aristo koştu: *"Birbirlerini sevenler, birbirlerine duydukları sevgi nispetinde diğerinin iyiliğini isterler."*

İyi de sevgili Aristo, insanlar birbirlerini niçin severler?

Samuel Johnson, Aristo'nun cevap vermesine fırsat bırakmıyor. Bu uzun bir konu, *"insan niçin sever"*i isterseniz daha sonra konuşalım. Ben paylaşmayla ilgili bir şeyler söylemek istiyorum, diyor ve anlatıyor:

"Kişilerin tek başlarına fazla bir güçleri yoktur; çabalarının sonucu da dünyanın genel tablosu içinde sezilmeyecek kadar azdır. Allah hiç kimseye çok şey yapmak gücünü vermemiştir, herkese yapacak bir şeyler kalsın diye.

Her el insanlığın mutluluğuna ya da sefaletine bir şeyler katar."

Sevgili Dost,

Elimiz acaba insanlığın mutluluğuna mı, yoksa sefaletine mi katkıda bulunuyor? Eldivenlerimizi çıkarabilirsek, belki parmak izlerimizden anlayabiliriz neler yaptığımızı.

Sevgili Dost,

Belki bir gün, yarımın bütünden ne çok olduğunun farkına varırız.

30

Sevgili Dost,

Horoz geceyi severse, bir daha ötmez. Su bulutu severse, inmez toprağa. Arabayı severse at, yokuştan ürkmez. Akrebi severse yelkovan, vay o zamana!

Kafesi severse kuş, gökler boşalır. Uçmayı severse timsah, sürünür gözyaşları. Güneşi severse buz, nehirler coşar. Denizi severse nehir, tırmanır dağı.

Doktoru severse hasta, ateşi düşmez. Külü severse ateş, yanmaz bir daha. Kumaşı severse terzi, makası kesmez. İğneyi severse iplik, korkar kopmaya.

Kuzuyu severse kurt, şaşırır kalır. Ağacı severse yaprak, küfreder sonbahara. Çiçeği severse vazo, çatlar, kırılır. Beyazı severse kömür, saplanır kara.

Kolları severse ud, şarkısı bitmez. Yolu severse şoför görmez durağı. Sözü severse dudak, susmayı bilmez. Uykuyu severse hırsız, düşer çuvalı.

Topacı severse ip, sıkı sarılır. Fitili severse bomba, patlamaz daha. Rüzgârı severse yelken, nefesi sanır. Nefesi severse ney, başlar yanmaya.

Köleyi severse efendi, kırbacı düşer. Kırbacı severse köle, düşman azada. Ormanı severse aslan, kafesi dişler. Işığı severse göz, utanır yumulmaya.

Defi severse ayı, burnuna kanca takılır. Küfü severse ekmek, meyleder kararmaya. Pası severse demir, an gelir ufalanır. Zili severse saat, can atar kurulmaya.

Sevgili Dost,

Şu günlerde herkes seni sevdiğini söylüyor. Şu günlerde herkes şımartıyor seni. O halde kulak ver, *"Efendin seni sevdiği ve şımarttığı zaman daha az mı kölesin? Vay kölenin haline! Efendin seni şımartıyor; o halde yakında kamçılayacaktır,"* diyen Pascal'a.

31

Sevgili Dost,

Gelinle damat karşılıklı el çırpıyor ve az sayıda davetli onlara eşlik ediyordu. Balonlar ve krapon kâğıtlarıyla süslü büyük bir balıkçı teknesi, güneşin kırbaçlarına dayanamayıp simsiyah kesilen bir denizde yüzüyordu. Gelin ve damadın gözleri, sarayları ve yalıları gibi parlıyordu boğazın. Rüzgâr müziği, gelinin ablası pastaları dağıtıyordu. O gece benim tabağımda da bir dilim pasta vardı. Demek ben de davetliler arasındaydım.

Gelinle damat karşılıklı el çırpıyor ve birbirlerinin gözlerine bakarak şarkı söylüyorlardı. Kelimeler dudaklarından konfetiler gibi dökülüyor, rüzgâr bu beyazlığı ayakların altında savuruyordu.

Annelerin gözlerinde hırsız elmaslarıyla kesilmiş cam parçaları vardı. Çocuklarını kutsal bir tapınakta kurban etmeye hazırlanıyor gibiydiler. Tabii bu onların yanlarındakilere çocukların birbirlerine ne kadar yakıştığını söylemelerine engel değildi. Babalara gelince; onlar gözlerini, yükünü sırtından indirip soluklanan bir hamaldan ödünç almışlardı. Sorumluluklarını üzerlerinden attıklarını düşünmek rahatlatıyordu onları. Ama yine de gelinin babası ağlamıştı yüzükler takılırken. Yüzükler bir tepsinin içinde getirilmişti yine. Hayat yine bir şeyler sunuyordu. Kuyumcu vitrinlerinin ışıkları altında, *"Bu iki güzel insan,"* diye başlayan konuşmamı yapıyordum. Demek ben takıyordum yüzükleri.

Sevgili Dost,

Keramet kavukta olmadığı gibi yüzüklerde de değildi. Ne kavuğu başına geçiren okuyabilir, ne yüzüğü parmağına geçiren mutlu olabilirdi. Bunlar öyle halkalardı ki, kimi zaman Çemberlitaş'ın demir halkalarından daha sıkı kavrardı parmakları, kimi zaman alevli sirk çemberleri gibi aslanlar geçerdi içlerinden, kimi zaman çocuklara çember olurdu.

Sevgili Dost,

Halay başladı. Bu da bir çember işte. Zıplayan ve ses çıkaran bir çember. Ayaklar aynı anda havaya kaldırılıyor; davetliler uyum içinde. Yalnız benim ayaklarım şaşkındı. Demek halkadaydım ben de. Herkesin ayakları havadayken benimki yerdeydi, herkesin ayakları yerdeyken benimki nerde? Bilerek mi böyle yaptığımı sordular. Onlara, kendi ayaklarınıza bakın, dedim sadece.

Sevgili Dost,

Balıkçı teknesi kıyıya yanaşıyordu. Gelinle damat karşılıklı el çırpıyor ve birbirlerinin gözlerine bakarak şarkı söylüyorlardı. Dudaklarından kelimeler konfetiler gibi dökülüyor, hayat, iç içe geçmiş sehpalardan her birini, birimizin önüne koyuyordu.

Sevgili Dost,

Telefonumun mesaj sinyali çaldı. Dokundum zarfın üstüne:

"Hastamızın beyni öldü. Kalbi beş dakika hiç çalışmadı. Doktorlar elektro şokla çalıştırdılar kalbi. Bekliyoruz."

Sevgili Dost,

Ölüm de davetliler arasında.

32

Sevgili Dost,

Hırs, tırnakları çıkarır ama ayaklara da taş bağlar. Tırnakları çıkarır, çünkü daha yükseğe tırmanmalıdır. Ayaklara taş bağlar, çünkü ne zaman aşağı çekeceği belli olmaz. Alfabesinde tek harf vardır: *"A."* Bu yüzden cümle kuramaz.

Piramitler kurarmış, kursun; taşları mezarına taşıtıyor. Reçineli sargılar hazırlatırmış, hazırlatsın; ruh tutkalla korunur sanıyor. İşte takıları; uyanınca bileklerine ve boynuna takacak. İşte kavanozları; doyuracak karnını.

Sevgili Dost,

Boks hakemleri ona kadar saymasını bilirler, boksörler kanlı yüzleri ve eldivenleriyle doğrulup saydırmak istemeseler de. Bazen antrenörleri öldürür boksörlerini; çünkü ip dışından seyrederler.

Direnmek, sürünmek değildir. Güçlenmek için durmak, teslim olmak hiç değil. Epictetus, elindeki cevizlerin birazını bırak der, eli çömlekte sıkışan çocuğa. *"Hırs sebeb-i hasârettir."*

Pehlivanın kulağına, *"Bu defa yeneceksin,"* der. Kumarbazın kulağına, *"Bu kez kazanacaksın."* Sandığın kulağına seçimleri fısıldar. Tacirin kulağına altın tozunu üfler. Hırs mı? Batmayan gemidir; batıran kaptanını. Hırs mı? Kıskandırır; boğa kulağı kesen matadorları.

Sevgili Dost,

Hindistan'a ulaşan Avrupalılar, zengin bir ülke olarak bilinen Çin'e gitmek istiyorlardı. Bir İngiliz şirketi, kaptan Henry Hudson'ı bu işle görevlendirmiş, 1608 yılında yola çıkan Hudson bu amaçla yaptığı iki geziden de sonuç alamamıştı. Hudson, daha sonra Hollandalılar adına yola çıkmış, ama yine Çin'e varamamıştı. Hudson kuzeyde bir sonuç alamayınca, batı yönünde araştırmalarına devam etti. Ve bir tesadüf eseri, bugün New York'un bulunduğu bölgeye ulaştı. Hudson'ı İngilizler bir süre sonra yeniden Çin'e yolladılar. Yolculuk uzamış, gemide yiyecek kalmamış, hastalıklar baş göstermişti. Çin hâlâ çok uzaktaydı. Sonunda tayfalar başkaldırdı ve kaptanı bir sandala koyup denize bıraktılar. Çin hâlâ çok uzaktaydı.

Sevgili Dost,

Bugün bayram. Neden mi yazıyorum bunları sana?

Sevgili Dost,

Sahi bugün bayram mı?

33

Sevgili Dost,

Neşesi yağmalanmış bir bayramdan geriye ne kalır? Ellerden buharlaşıp, uçan limon kolonyaları, yenildikten sonra kâğıdı buruşturulup atılan şekerler, caminin avlusunda kalan gazete ve mukavva parçaları, imamın her bayramda tarif edip, cemaatin her bayram şaşırdığı bayram namazı mı?

Ellerimizi bağlayacak mıyız, yoksa iki yana mı salacağız? Herkes göz ucuyla birbirine bakıyor. Önümüzdekiler de şaşkın, yanımızdakiler de. Bu durumda eller ne bağlanmalı, ne iki yana salınmalı. Bu durumda eller havaya kaldırılmalı, *"Affet!"* demeli belki.

Neşesi yağmalanmış bir bayramdan geriye ne kalır? Telefonların felç olması yüzünden aramadığımız tanıdıklarımız için inandırıcı bir mazeretimiz var, ne güzel. Doğrusu vefalı milletizdir; dindar olduğumuz kadar bağlıyızdır birbirimize. Bu yüzden camiler almaz kalabalıkları bayramlarda, bu yüzden iflas eder telefon şebekemiz.

Sevgili Dost,

Bu bayramda hangi elleri öptün, bana da haber ver. Günahkâr dudaklarının siyah lekeler bırakacağı beyaz bir el bulabildin mi? Yoksa sen de benim gibi katrandan ellere mi yapıştırdın, kömürden dudaklarını! Yoksa sen de mi çağırdın yardımına çocukları: *"Ah çocuklar! Kapı kapı dolaşıp, şeker toplayan çocuklar! Bırakın, öpelim ellerinizi. Siz bize şeker verin!"*

Sevgili Dost,

Bu bayramda kabristana gittin mi? Senin de ölülerin vardır, bilirim. Üzerindeki otları küflü tenekelerle sulayacağın ölülerin. Otlar büyüyecek, sararacaklar sonra. Ölülerimizi hep hatırlayacağız, dirilerimizi unutsak da. Olsun, onlar da ölecekler.

Sevgili Dost,

Bu bayramda hastaneye gittin mi? Biz gittik. Peşimizde bir gazeteci ordusuyla, kolu kopmuş, protez bacaklı delikanlılara *"Nasılsın?"* diye sorduk. Onlar da bize teşekkür ettiler. Düşünebiliyor musun dostum, teşekkür ettiler.

Sevgili Dost,

Bayramda yaşlılarımızı da unutmadık tabii. Sen de unutmazsın bilirim. Huzurevlerine gömdüğümüz ihtiyarlarımıza, bu bayram da moral gecesi düzenledik. Seni de beklerim.

Sonra hapishanelerde açık görüşmelerimiz oldu. O gün bize temiz çamaşır ve sigara getiren çocuklarımıza sarılabildik. Verecek bir şeyimiz yoksa ne çıkar! Biz de onlara hürriyetten söz ettik.

Sevgili Dost,

Neşesi yağmalanmış ne bayramlar geçireceğiz daha... Kokucu dede, camiden çıkan herkesin eline gül yağı sür, mis gibi koksun şehir! İşportacı, sen de sat gülümsemeyi, öğrenemeyen dudaklarımıza! Çocuklar, bırakın biz öpelim ellerinizi, siz bize şeker verin!

Sevgili Dost,

Bugün bayram.

Ama parlamıyor gözlerin.

34

Sevgili Dost,

Sonbahar her sene yüklenip serinliğini, yağmurlarını, rüzgârını ve yapraklarını, evime yatıya gelir. Ben sonbaharı kapıda karşılar, *"Kim gelmiş kim!"* diye sevinç gösterileri yapar, boynuna sarılırım. Sonbahar, her seferinde gözlerimin içine bakıp, *"Hiç değişmemişsin,"* der ve omzuma dokunur. Ben sonbaharın gözlerinin içine bakamam; dokunur.

Her şeyin sonu gibi, baharın sonu da güzelliğini siyah bir şalla gizliyor; mevsimi biten meyveler gibi gülümsüyor kapıda. Pazarcıların *"son elveda"* çığlıkları arasında buyur ediyorum içeriye onu. Sonbaharı kar gibi çarşafların içinde uyutuyorum.

Sonbahar bir ara uyanıp yanıma geliyor. Ona, yazın çok sıcak geçtiğini, çoğu geceler nefes almakta güçlük çekip ter içinde uyandığımı anlatıyorum. *"Özledin mi beni?"* diyor. Gülümsüyorum.

Evime gelen bu sıcak ya da serin dostu, gece deniz kıyısına götürüyorum. Dalgalar sonbaharı görür görmez heyecanla yükseliyorlar. Ay, kırık aynasını önce yüzümüze tutuyor, sonra dalgaların üzerinde gezdiriyor. Bir kayığın kürekleri her dalışta korkuyor denizden.

Sonbaharın canı haşlanmış mısır çekiyor. Satıcıyı görünce, bir çocuk gibi çekiştiriyor ceketimi. Sonbahara, suları akan, iri taneli, sapsarı bir mısır uzatıyor satıcı. Tuzunu bol koyuyor. Sonbaharın eli yanıyor.

Sonbaharı parka da götürüyorum. Gece yarısında parkın tek çocuğu oluyor sonbahar. Salıncakta sallanırken korkuyor, düşerim diye. *"Hızlı sallama!"* diye bağırıyor. Ben sonbaharı dinlemiyorum. İşte tahterevallinin bir ucunda o, bir ucunda ben varım. Ben yere indikçe sonbahar göğe çıkıyor, ben yükseldikçe, sonbahar yere iniyor. Sonbahar kaydıraktan da kaymak istiyor. Aşağıda sonbaharı bekliyorum.

Sonbaharla o gece geç vakitlere kadar dolaştık. Sabaha karşı polisler kimlik sordu bize. Sonbahar kimliğini bulamadı. Götürdüler sonbaharı.

Sevgili Dost,

Bir gün sen de sonbaharla tanışacaksın. Çok seveceksin onu. Sıcak bir yaz sonu, hiç ummadığın bir anda kapını çalacak. Serinliğini, yağmurlarını, rüzgârını ve yapraklarını yüklenip evine yatıya gelecek.

Sonbahara, kar gibi çarşaflar sereceksin.

35

Sevgili Dost,

Son mektubumda sonbaharın evime yatıya geldiğinden söz etmiştim. Sen misin sonbahardan bahseden; kış da gelip kapıma dayanıverdi. Sonbahara yaptığım gibi, *"Kim gelmiş, kim!"* diye sevinç gösterileri yapmadım ona. Randevusuz gelen hastalara doktorların davrandığı gibi davrandım. Yüzsüzlük yapıp *"Beni özlemedin mi?"* demesin mi! Nasıl mı cevapladım onu? Tabii susarak. O susmamı, *"Sükut ikrardandır,"* diyerek, özlediğime yordu.

Zavallı kış. Zamanında gelseydi özlenecekti. Sırf sonbaharı kıskandığı için apar topar evime gelmiş. *"Ona kar gibi çarşaflar sermişsin, öyle mi!"* diyerek kendini ele veriyor. *"Evet,"* dedim. *"Kar gibi mi?"* diye tekrar ederek, karla arasındaki yakınlığı ima etmeye çalıştı bana; *"Evet, kar gibi,"* dedim mahcup bir sesle. Aslında mahcup olması gereken oydu. Kıskançlık ne kötü şey!

"Ah kötü kıskançlık! Ruh hastalıklarının en beteri! Sensin insanlara ölümü getiren, hem de hiç durmadan," diyor Dante. Petrarca, Dante'nin bu çok sevdiği sözünü şu cümlelerle tamamlıyor: *"Ne istiyorsun başka? İnsanlığı yok etmen yetmiyor mu? Neyle doyacaksın acaba? Ey bedenlerin, hele ruhların sefil kompleksi! Derler ki aslan sürekli açlıkla kıvranırmış..."*

Sevgili Dost,

İstersen ben de Petrarca'nın bu çok sevdiğim sözünü tamamlamaya çalışayım: *"Sen onun kükrediğine bakma, onun yiyeceğe değil, bir aslan terbiyecisine ihtiyacı var."*

Sevgili Dost,

Nefsimizi nasıl terbiye edeceğiz? Ateş çemberinin içinden yanmadan geçebilmesi için yere kaç kırbaç vurmamız gerekiyor? Keskin dişlerini köreltmemiz için hangi saatlerde vermeliyiz yemini. Dolunayda değil, asaletimizi kaybettiğimiz zamanlarda köpeğe dönüşen bu aslanla nasıl baş edeceğiz?

Ah, okullarda *"Beden eğitimi"* var da neden *"Ruh eğitimi"* yok! Sağlam kafa, sağlam vücutta doğru. Sağlam ruh nerede bulunur acaba?

Sevgili Dost,

"Konuyu yine dağıttın. Sen kıştan söz et bana. Ne oldu sonra?" dediğini duyuyorum. Anlatayım:

Kışa da kar gibi çarşaflar serdim. O gece ne kadar üşüdüğümü tahmin edemezsin. Yün yorganlar, *kış*'ın kaldığı odadaydı. Rahatsız etmeyeyim, uykusunu bölmeyeyim, diye girmedim odasına. Battaniyelerin altında titredim sabaha kadar.

Sabah güneş o kadar parlak doğdu ki, gözlerimi kamaştırdı. Gün ışığıyla uyanmak ne güzel! Üstelik güneş sadece ışığını değil, sıcaklığını da göndermişti odama. Kalkar kalkmaz ilk işim, *kış*'ın odasına gitmek oldu. O da ne, erkenden çekip gitmiş. Yatağını toplamayı da unutmamış. Bir de not bırakmış: *"Yine geleceğim."*

"Bunu saymayız," dediğimi duymadı. Evet, saymayız. Vaktinde geldiğinde onu nasıl ağırlayacağımı göreceksin.

Belki sobanın üstünde kestane bile pişiririm ona. Bu defa iyi bir ev sahibi olamadığımı biliyorum. Kıskançlığına kızdığımdan öyle davrandım.

Sevgili Dost,

Karanlıktan hoşlananların ışığı kıskanmaları, kışın sonbaharı kıskanması kadar masum değil. Böylelerinin sıkıntıları ışık yaklaştıkça daha da artıyor.

36

Sevgili Dost,

Ben sana bu satırları yazarken, bir bozacı sesini katıyor geceye. Çünkü yalnız mektuplar değil, bozacı sesleri de vardır gecenin tarifinde. Geceyi karanlık, ay ve yıldızlardan ibaret sananlar, annelerin çorbalarındaki lezzeti yağda arayanlardır. Oysa sevgidir, annelerin kaşıklarından *"miktarınca"* yemeğe katılan. Kitaplar yazmaz. Çünkü anneler şişelenmeden kullanırlar suyu kaynağından.

Ben sana bu satırları yazarken, bir müezzin nefes nefese tırmanıyor minareye. Sıcağa aldanıp yalnız bırakmıyor soğuk merdivenleri. Kış uykusundan uyandırmak kolay değil, biliyor; şerefeden dökmeden ezanın lezzetini.

Sevgili Dost,

Sevginin eli, Midas'ın elleri gibi dokunduğu her şeyi altına çeviriyor. Simitlerin susamlarını, balıkların pullarını, dolmakalemlerin uçlarını parlatan o el işte. O elle düğmeye dokunuyorsunuz, ışık yanıyor. O elle veda ediliyor hüzne.

Bir kilimi üzerinde sevgiliniz gezinecekmiş, bir kaşkolu çocuğunuz boynuna dolayacakmış gibi dokur, bir binayı içinde anneniz oturacakmış gibi yaparsanız, ne o kilim eskir, ne o kaşkol solar, ne o bina yıkılır.

Sevgili Dost,

Çaba istiyor sevgi. Tohum yetmiyor, çapa istiyor sevgi. O halde dinle, karların içinde çilek yetiştiren münzevinin hikâyesini:

"İhtiyar bir kadın ormanda yaşayan bir münzevinin karların içinde çilek yetiştirdiğini duymuştu. Büyük kızından ormana gidip çilek getirmesini istedi. Kız ormana gitti ve annesinin isteğini münzeviye iletti.

Münzevi: 'Öyle ise önce bana bir iyilik yap. Şuradaki karları süpürüver. Kuşlara yem vereceğim' dedi. Kız oralı bile olmamıştı. Sadece çilek istediğini tekrarladı. Münzevi de ona çilek vermedi. Kız geri dönüp olanları anlatınca kadın bu defa aynı şeyi küçük kızından istedi. Münzevi ona da karları süpürmesini söyledi. Kız hemen süpürgeyi alarak işe girişti. Karları büyük bir ciddiyetle süpürmeye başladı. Çilekleri unutmuştu bile. Yalnız aç kalan kuşları düşünüyordu. Ama birdenbire karların altından çilekler çıkıverdi."

Sevgili Dost,

Beraber karları süpürmeye ne dersin? Ne dersin süpürdüğümüz karlardan, kardan adam yapmaya. Çileklerden gözleri, burnu ve dudakları olan bir kardan adam; elinde süpürgemiz.

"Elimden geleni yaparım," diyorsun demek. *"İnsan ancak elinden geleni yapar ama, elinden gelenin ne olduğunu bilmek gerek."*[1]

Sevgili Dost,

Elini nabzına götür.

---

1. Max Jacob.

37

Sevgili Dost,

Paltolarımızı sırtımızdan, atkılarımızı boynumuzdan bu kadar çabuk alacağını beklemiyorduk. Beklemiyorduk, ama geldi. Bir sabah herkes uyurken ayaklarının ucuna basa basa geldi. Uyandırmak istemiyordu, ama uyandırdı. Hem nasıl uyandırma! Dallar deli gömleği giydi, toprak misafir yorganını çıkardı, gök sigarayı bıraktı. Horozlar seslerini, kediler tırnaklarını bilediler. Geldi ve öperek uyandırdı.

Sevgili Dost,

Sen de gördün değil mi, pencerenin kanadından; ne kadar zengin bir yüzü var. Sen de gördün değil mi; nasıl yerini almış yaprak, serçe ve rüzgâr. Suskun mu gördün; uyku mahmurluğu. Halsiz mi gördün; bahar yorgunluğu.

Şairler mi? Ne mi yaptılar onu görünce? Düşmanı görünce, tüfeğine davranan askerler gibi saldırdılar kalemlerine, dostu görünce. Ama kıyametti ansızın dostun gelmesi, ama dili tutulur sürçerdi insanın, ama gözleri bu kadar ışığa dayanamazdı. Korunmak için şairlerin mısralarına sığınmalıydı.

Sevgili Dost,

Evet, şairler kitaplarında otururlar. Kapılarını açarlar her yoksula, çünkü yoksuldurlar. Biz de varalım yanlarına; madem yoksuluz. Biz de ekmek doğrayalım çorbalarına.

Kapısında lacivert ağaçların yandığı bu evin sahibi Hâfız. Şöyle dile getiriyor dostun yokluğunu:

"Yüz binlerce çiçek açmış ama
Duyulmuyor kuş sesi.
Bülbüllerin başına ne geldi?
Hezârân'a ne oldu?
(...)
Hâfız,
İlahi sırları kimse bilmez;
Sus,
Konuşma.
Kime soracaksın
Feleğin dönüşüne ne oldu."

Kapısını yanıp kararmış iki kibrit çöpünün tutuşturduğu bu evin sahibi Pablo Neruda. Dönen dostun halini kelimeleriyle boyuyor:

"Nerelerdeydin diye sorarsan
'Hep eskisi gibi', diyeceğim.
Toprağı örten taşlardan söz edeceğim,
sürdükçe kendini harcayan ırmaktan;
ben yalnız kuşların yitirdiklerini bilirim,
gerilerde kalan denizi bilirim, bir de ağlayan ablamı.
(...)
Nereden geliyorsun diye sorarsan bölük pörçük
kelimelerle konuşmak zorundayım,
ağzı zehir gibi yakan araçlarla,
çoğu çürümeye yüz tutmuş hayvanlarla
ve avutamadığım yüreğimle."

Sevgili Dost,

Kapısına hiyeroglif yazıların kazındığı bu evin sahibi fakir. O anlıyor seni ve mısralarıyla aklamaya çalışıyor bir kaybolup bir görünmeni:

"Ey büyüyüp küçülen, yer değiştiren can
ne çıkar kaybolsan dokusunda ağacın
iri dallar kollarınla örtsen yüzünü
teyemmüm ederken girsen toprağa
hayattan korksan su gördüğünde
bir kapı olsa artık bütün yeryüzü
açılırken kapanan, kapanırken aralık
tetikle parmak arasında mesafe."

Sevgili Dost,

Bu yıl Mart kapıdan değil, pencereden baktırıyor; şairlerin penceresinden.

38

Sevgili Dost,

Kış, yolunu kesmeye çalışsa da bahar ipi göğüslüyor. İki yeşil ve iki kırmızı taraftarı; erikle çağla, kirazla çilek, alkışlıyor baharı. Alkışlıyorlar, çünkü geri dönebilirdi beyaz bayrak açıp teslim olsaydı kışa.

Tek mevsim olduğunu iddia ediyor kış. Gazeteler çıkarıyor bunu anlatmak için. Sonbaharı korkutmak için yapraklarını döküyor. İlkbaharı buzla tehdit ediyor. Yaza, *"Sen görürsün!"* diyor. Kış zengin, televizyonları da var. Bu yüzden hava durumunu anlatan adamlar, habire kardan adam yapıştırıyorlar levhaya. Balkanlardan gelen soğuk hava, bütün yurdu etkisi altına alıyor. Kış hiç bitmiyor, çiçekler açsa da.

Ama kırıyor lunapark aynalarını bahar. Tek mevsim olduğuna inanmıyor kışın. Beyaz yastığa dayayınca sırtını, değirmeni döndürüyor eriyen karlar; kızakları dağda kıvrandırıyor.

Sevgili Dost,

Bugün yeni bir şey yap; bir iyilik kendine. Gazete bayisine uğrama, işe gitme, okula da. Bugün evin elektriklerini kes, ekrana düşmemek için. Kuş sesleri var, radyonu açma. Bugün kışlıklarını kaldır, çıkar yazlıklarını. Sahile in, çöz kayıkları. Bir iyilik yap kendine. Sigaranı güneşle yak, ama yaklaşma, kibritinin her seferinde söndüğünü görüp ellerini uzatan rüzgâra. Martılara balık tutmayı, denize sakin olmayı öğret. Kaptanın kızını teselli et balonlar patlasa da.

Sevgili Dost,

Bugün yeni bir şey yap; bir iyilik kendine. Belediyede işçiysen bile, dikeceğin çiçekleri koyup bir yana, uzan toprağın koynuna. Seni gören her işçi bıraksın o gün işini. Öbek öbek uyumaya gelsinler, rüyalarını anlatsınlar sonra patrona.

Farkına var hayatın sen de. Bir sağa, bir sola gidip dokun her şeye. Ağaçlara, kuşlara dokunamasan da; denize, balığa tutunamasan da. Banklara dokun, bankalara değil. Bugün bir iyilik yap kendine. Kendine dokun.

Sevgili Dost,

Gel koşalım bugün sahile. Batık gemileri arayalım denize dalıp, ellerimizi kızgın kuma gömelim. Konuşmak için çarpalım her şeye; sonra her şeyden özür dileyelim.

Gece ateş yakalım, suyu ısıtmasa da. Suda taş sektirelim, denizi korkutsa da. Yelkene bürünelim, rüzgâr sokulmasa da.

Sevgili Dost,

Kayığı hazırladım. Bu gece balığa çıkacağız. Fenerleri denize tutup bekleyeceğiz baharı. Misinalarımız titredikçe titreyecek parmaklarımız. Tam yakalayacakken o sesi duyacağız. O ses, tek başına yüzen kaplumbağanın sesi.

Sevgili Dost,

Kış yolunu kesse de bahar göğüsledi ipi.

39

Sevgili Dost,

Sevinçler ne de küçük ölüyorlar. Halbuki büyük doğmuşlardı. Tebessüm, daha yayılmadan dudağa kuruyor. Kâşifin *"kara"* sevinci, dürbününü attırıyor suya. Futbolcu naralar atıyor top fileye takılınca. İyi zar attıkça yüzü gülüyor kumarbazın. Sandığa atılan *"evet"*'ler sözlüğe baktırıyor: *"Tasdik etmek anlamında bir ünlem."* Tasdik etmek ve ünlem, ne kadar yakışıyor. Daha tarifinde içine bir şüphe düşüyor *"evet"*'in. Evet, ne çok *"hayır"*'ı barındırıyor.

Sevgili Dost,

Bahara pusu kuran kıştan öğrendik çiçeklerle yetinmemeyi. İnanmak için meyve istiyoruz, inanmak için gölge... Napolyon'u pusturan kıştan öğrendik. Şüphe ipliğiyle teğelleriz dikmeden önce.

Sevgili Dost, o halde dinle:

Güneşi görünce açma sandığı, karayı görünce dürbünü atma! Kaç *"Viyana"* dalda kaldı, aylar sürse de kuşatma...

Sevgili Dost,

Sen dondurmayı kışın sat paltosuna bürünmüş adamlara. Yazın ateş yak, ısın. Ağla herkes gülerken. Ağlat palyaçoları.

Sevgili Dost,

Sevinç mezarlıklarından geçerken ıslık çalma korkmamak için. Korkmayı öğren, korkutmak istersen.

Sevgili Dost,

Kurbanlık koyunlar gibi seçilmeyi bekleme. Kınaya kanma; ölüm işaretidir.

Sevgili Dost,

Yaşlandığında Eyüp Sultan olmak istersen, gençliğinde âşık ol İstanbul'a.

Sevgili Dost,

Hâlâ düğünlerde oynuyorsun.

Sevgili Dost,

Yarışmada, *"Yardım edin lütfen,"* diyorsun hâlâ.

Sevgili Dost,
Ne zaman televizyonun düğmesini kapatacaksın?

Sevgili Dost,
Ne zaman açacaksın *"Kitab"*ı?

Sevgili Dost,
Bu ne dalgınlık?

Sevgili Dost,
Âşık mısın?

Sevgili Dost,
İstanbul'a?

40

Sevgili Dost,

Şu günlerde, *"İyi misin?"* sorusunu herkes aynı şekilde cevaplıyor: *"Bu ortamda ne kadar iyi olunabilirse o kadar iyiyim."* İç karartıcı haberler birbiri üstüne bir felaket kolajı gibi yapışıyor. Yapışıyor da çantasını çaldırmamak için trenle peron arasına sıkışıp parçalanan kadın, akşam yemeğini iştahla yememize mani olamıyor. Ormanlara atılan mazlum cesetler, izleyeceğimiz bir futbol maçının keyfine gölge düşürmüyor. Sevdiğimiz insanlara karşı yapılan büyük haksızlıklar karşısında bile, dudaklarımızdan ancak birkaç zayıf cümle dökülebiliyor. Üzüntü kalbe inemiyor, kalp buğzedemiyor.

Günün birinde, bir adam Demosten'e gelip dövüldüğünü söyler ve davasına bakmasını ister. Demosten ona:

- *Dostum, bu sözünüz doğru değil!* der.

Adamcağız bu sefer sesini yükselterek feryat eder:

- *Ne yani, beni dövmediler mi!*

Bu inleyen sesi duyan Demosten:

- *Hah, şimdi hakaret gören bir adamın halini görüyorum,* karşılığını verir.

Sevgili Dost,

Bir bedenin organları gibi olduğumuz söylenmişti bize ve biz buna inanmıştık. Çünkü bu sözün sahibi Peygamberimizdi. Vücudumuzun bir parçasının geçirdiği rahatsızlık hani bütün vücudu ateşler içinde bırakacak, bütün vücut bu rahatsızlıktan elem duyacaktı? Kol kesilirken dudak gülüyor, ayak kesilirken kollar el çırpıyor, bir göz oyulurken diğer göz futbol maçı izliyor. Bir cinnet olmalı bu!

Sevgili Dost,

"Düşünüşle yaşayışımız arasındaki zaman farkı," isimli bir hastalıktan söz edeceğim sana. Sakın bu ismi benim uydurduğumu sanma. Mektubuma süslü sözler aramıyorum. Böyle bir hastalık gerçekten var ve hastalığın adını da Dr. T. V. Smith koymuş. Dr. Smith bu hastalığı daha iyi açıklayabilmek için yazarı bilinmeyen eski bir şiiri okumak istiyor bize. Gelin hep beraber dinleyelim bu şiiri:

"Bir vakitler, kısa bacaklı bir köpek vardı. Boyu öyle uzundu ki, hislerini kuyruğuna ne kadar zamanda haber verebildiğinin farkında bile değildi.

Onun içindir ki, bir defasında gözleri hüzün ve kederle dolu iken, kuyruğu sallanmakta devam ediyordu. Kuyruk hâlâ az önceki sevincin etkisindeydi."

Sevgili Dost,

Yüzümüzdeki tebessüm, hangi sevincin gecikmesi acaba? Biz yakın zamanda da böyle bir sevinç yaşamamıştık. Yoksa Asr-ı Saadet'in yüzyıllar öncesinden taşan neşesi yüzlerimize yeni mi ulaştı?

Sevgili Dost,

İçi talan edilmiş, hakarete uğramış bir adam gibi oturalım yemeğe, televizyonun karşısına. Bunu yapamazsak değil Demosten'i, kendimizi bile inandıramayacağız düştüğümüz duruma.

Sevgili Dost,

Bu defa bir Hint sözüyle bitiriyorum mektubumu:

"Kobraya kobra da desen, bay kobra da desen yine seni ısırır."

41

Sevgili Dost,

İzlerimiz sadece rüzgârı -o da silmek için- ilgilendiriyorsa peşimizde kimse yok demektir. Bütün avcılar ateş yakmış, bütün müfettişler uyumuş, bütün soru işaretleri ünlem haline getirilmiştir. Öğretmen sınıftan çıkmış, hakem sahayı terk etmiş, anne pencereden ayrılmıştır. Güneş batar batmaz hırsızlar fenerlerinin pillerini tazelemeye koyulmuşlar, kumarbazlar destelerini, katiller usturalarını koparmışlardır dalından. Gece, şer ağacının hızla büyüyen gölgesidir. Görünmediğini düşünmek bir kırbaç gibi şakladığında aslan, ateşten halkanın içinden geçmek için tereddüt etmez. Çünkü kırbaçtan çıkan, cezanın değil, ihtirasın sesidir.

Sevgili Dost,

İzlendiğini düşünmek bir delilik belirtisidir de izlenmediğini düşünmek nedir? Futbolcular karambolde tekmeliyor, trolcüler deniz siyahken avlanıyor, çocuklar öğretmen sınıftan çıkar çıkmaz çıldırıyor, pazarcılar tezgâhın dehlizlerinde gizliyorsa çürük elmayı, izlenmediğini düşünmek nedir? Belki de belirtisi değil, kendisidir deliliğin.

Çünkü yanar da kesilen ışıklar, hakemin düdüğü tekmeleri susturur. Birden anneler pencerelere, öğretmenler sınıfa döner, müfettişler yüzlerine soğuk su vurur.

Sevgili Dost,

Son günlerde bazı araçların arkasında gördüğüm yazılar, yazdırıyor bu satırları. Ne mi gördüm? Bak, bir minübüsün arkasında ne yazıyordu: *"Hatalarımı lütfen .... nolu telefona bildiriniz."* Demek ki bu kibar şoför hata yapmak istemiyordu. Birilerinin hatalarını kendisine bildirmesi için telefonunu yazmıştı sürdüğü arabanın arkasına. Bir başka aracın arkasındaysa *"Hatalıysam"* kelimesinin hemen altında bir telefon numarası yer alıyordu. Hata yapacağından emin olan ilk şoförün aksine, ikincisi hata yapma ihtimaline karşı uyarıyordu bizi ve kendisini uyarmamızı istiyordu. Üçüncü bir araçta okuduğum şu kelimelerse irkiltti beni: *"Bu araç hata yapamaz! Yaparsa ...."* Demek ki bu aracın şoförü hata yapmayacağından emindi. Kendi kendine telkinde bulunuyor, dahası *"Yaparsa!"* diye tehdit ediyordu kendini.

Sevgili Dost,

Bu yazılar arabaların sahiplerinin şoförler olmadığını göstermekle kalmayıp araba sahiplerinin karakterlerini de gösteriyordu elbette. *"Bu araç hata yapamaz!"* diyen acaba nasıl biriydi! Nasıl cezalandırırdı, suç işleyenleri? Yoksa halim-selim bir adamdı da şoförüne mi bir şey olsun istemiyordu. Yoksa itimadını kaybetmek istemiyor, şoförüne çok mu güveniyordu.

Sevgili Dost,

Suçluyu nerede olursa olsun yakalayıp huzura getirmek, büyüklüğün bir göstergesidir. Yakalama zamanını şartların değil, iradenin belirlemesiyse büyüklüğü bir kat daha artırır. Bir gün suçlunun gözleri açılır ve ona *"Hoş geldin!"* denilir. Bir gün insan her şeyin farkına varır.

Sevgili Dost,

Birileri tarafından sürekli izlendiğini düşünmek bir delilik belirtisidir de biri tarafından izlenildiğini düşünmemek neyin belirtisidir?

Sevgili Dost,

Allah her şeyi bilir.

42

Sevgili Dost,

Bu kez sana vapurda yazıyorum. *"Yirmi dakikalık bir yolculukta ne yazabilirsin ki,"* diye itiraz etme hemen. Bak pervane suları köpürtmeye başladı. Ne yazabilirsem.

Sabah vapurları, sabah pazarları gibidir. (Pazar sabahları değil.) Pazarcılar kirli bezleriyle kütür kütür elmaları parlatmakta, her tarafından hayat fışkıran mandalinaları tezgâhın üzerine dizmektedirler. Meyvelerin ve sebzelerin üzerine henüz gözlerin lekesi düşmemiş, ellenmemiş ve seçilmemişlerdir. Tarladan yeni kopmuş, ışıltılı ve dipdiridirler.

Sabah vapurlarında da yeni bir günün tazeliği, doğudan henüz koparılmış kütür kütür bir güneşin sıcaklığı hissedilir. Hemen herkesin elinde açılmış bir gazete vardır. Ellerinde gazete olmayanlar gözlerini yanlarında ya da karşılarında oturanların gazetelerinde gezdirerek, bu haber karnavalına katılmaya çalışırlar.

Karşımda oturan adamın dev bir kelebek gibi kanatlarını açan gazetesinden öğreniyorum ki çağın vebası Aids'e çare bulunmuş. (Yıllardır vapurlarda bu tür haberlere rastlarım. Kansere de her iki ayda bir çare bulunur.) Sağımda oturan adamın soğuktan tir tir titreyen bir kumru gibi kanatlarını kısan gazetesinden de öğreniyorum ki İtalyan Başbakanı D'Alema, *"Apo'yu vermeyiz,"* demiş. Solumda oturan adamın, uçmayı yeni öğrenen karga yavruları gibi açmakla kapamak arasında tereddüt ettiği gazetesine gelince; mevkutenin hangi köşesine baksam, cümleyi tam okuyamadan, kanatlar ya kısılıveriyor, ya açılıp katlanıyor. Israrla cümlenin devamını okumaya çalışıyorum. Adam da gazetesiyle akrobasi gösterileri yapmaya devam ediyor. Çok sinirleniyorum. *"Ver ulan şu gazeteyi!"* deyip elinden çekmemek için kendimi zor tutuyorum. *"Ölüm artık..."* diye başlayan bir cümlenin devamını okuyamıyorum. *"Ölüm artık..."* Ne? Acaba ölüme de mi çare buldu Amerikalı doktorlar?

Sevgili Dost,

Yaşamak nedir? Kalbin atışı, göğsün inip kalkışı mıdır yaşamak? Pervane suları köpürtmeye devam ediyor, demek hâlâ yaşıyor vapur. İyi de nereye gidiyor? Hangi iskeleye bağlanacak?

Sevgili Dost,
Supervielle bir şiirine şöyle başlamıştı:

"Kendini bildi bileli
Mum ışığında okumaktı bütün zevki
Sonra da ellerini ikide bir
Alevin üstünde gezdirirdi.
Emin olmak için olacak
Emin olmak için
Yaşadığına..."

Bir şairin yaşadığını anlaması için acı duyması şart mı Sevgili Dost? Belki de yaşamak bir sükunettir. Havada uçuşan eşyaların yerini bulması, orkestra şefinin her biri ayrı nota defterini okuyan çalgıları susturmasıdır. Sonra yeniden değneğini havaya kaldırması ve Vivaldi'nin *"Dört Mevsim"*ini yorumlamaya başlamasıdır. Dört mevsimde de hafif bir rüzgâr sakinleştirir kalbi ve Valery'nin şu dizelerini hatırlatır:

"Rüzgâr uyandı... Artık yaşama zamanıdır.
Kitabımı bir geniş meltem açıp kapatır."

Sevgili Dost,
Kitabımı okudun mu?

43

Sevgili Dost,

Her mahkeme, daha büyük bir mahkemenin gölgesidir. Bu gölge uzamaz, celseler uzasa da. Bu gölgede dinlenilmez, dinlenir. Her delil bir kazığı söker topraktan, diliyle mazeret çadırları kursa da. Aslında o hep bir kazazededir; gemisi batmış, evi yıkılmış. Aslında her sandalye sanık sandalyesidir.

Sevgili Dost,

Azılı katiller aynamız değil. Ama soruyoruz sorular çalınsa da: *"Ayna ayna, güzel ayna, söyle bana, şu dünyada en masum kişi kim?" "Sensin! Hiç benziyor mu yüzüm yüzüne. Sensin! Hiç kan bulaştı mı eline!"*

Ah ne kadar azgındır benim şu nefsim! Onun silahları ne kadar korkunç! Ah ne kadar masumdur benim şu nefsim! Ne kadar beyazdır elleri onun! Çatlardı sıcaktan, tuz-buz olurdu, cam kafese nefsimi koysaydım dostum.

Heyelan olur, dağa tırmansa. Köprüden geçse düşer nehre. Koşmak istese dizi burkulur. Diz boyu suda boğulur denize girse. Herkes saf tutsa, o safı oynar. Herkes bulurken o hep kaybeder. Her şey buz tutarken kaynar o gövde.

Sevgili Dost,

Beni yargılar kurulan her mahkeme. Bu ucuz avukatlar beni savunur durur. Bütün deliller aleyhimedir. Bütün dosyalara ruhum sokulur. Hakimler surat asar ama asmazlar. Gereği düşünülür: Nefsim suçsuzdur.

Nefsim suçsuzdur, susuzdur çünkü.

Sevgili Dost,

İşte yine hakimler yerlerini aldılar. Avukatlar yakalarını düzelttiler. Şahitler dillerini ıslattılar. Gazeteciler, onlarsız olmaz. Onlar kamberidir en kanlı düğünlerin: *"Gülümseyin bakıp kameramıza! El sallayın annenize suçlular!"*

Sevgili Dost,

Yaylandıkça sallanan plastik eller gibi, araba camından el sallayan nefsimi nasıl sollayacağım? Nasıl oturtacağım sanık sandalyesine? Hâlâ kendini masum görürken, nasıl razı edeceğim cam kafesine?

Sevgili Dost,

Her mahkeme daha büyük bir mahkemenin gölgesidir. Bütün defterler kapanır, bütün defterler açılır.

44

Sevgili Dost,

İnsan değişmedi; vicdanıyla tutkuları arasında bocalayıp duruyor. Tutkularına esir düştüğü zamanlarda bile, kendisini rahatlatacak nedenler ve yöntemler bulmakta zorlanmıyor. İşte hile! İşte çürümüş ağ! İşte Cumartesi Balıkları!

"Cumartesi balıkları mı?" Evet, Cumartesi Balıkları! Sezginin gücünü hesaba katmayanların hikâyesi... Öyle bir hikâye ki, anlatanların dudaklarını titretir, öyle bir hikâye ki dinleyenlerin yüzünde gezdirir ateşin gölgesini.

Sevgili Dost,

Kim bilir yeryüzü yaratıldığından beri kaç cumartesi geçti. Kimbilir kırmızı yüzlü balık tezgâhları kaç kez doldu boşaldı. Parlak ışıklar altında değil, loş ve karanlık odalarda tab edilen kirli fotoğrafları, kim bilir kim çerçeveledi?

Kim öldürdü kafesteki kuşu? Daldaki kuş uçabilirdi. Kim öldürdü akvaryumdaki balığı? Denizdeki kaçabilirdi. Bir katili neresinden tanırsın, bırakmazsa parmak izini? Yüzünden mi? Kimin yüzünden? Elinden mi? Kimin elinden?

Ah ben katilleri tanırım, eldivenlerinden. Çünkü eldivenler her cinayetten sonra daralır, girmez ellere. Çünkü balıklar cumartesi günleri çıkarlar su yüzüne.

Şeytan, *"Siz sadece cumartesi günü balık yemekten menolundunuz. Cumartesi günleri onları yakalayın ve başka günlerde yiyin,"* diye fısıldadı. Onlar da cumartesi günü yakaladıkları balıkları suyun içinde bir kazığa bağlayıp pazar günü çıkartıp yediler. Onlar parmak izi bırakmadan suç işlediler...

Sevgili Dost,

Kitabı aç ve oku: *"Cumartesi günü içinizden azgınlık edenleri elbette bilmiş olacaksınız..."*[1]

"... Biz, birtakım yüzleri silip dümdüz ederek arkalarına çevirmeden, yahut onları Cumartesi adamları gibi lanetlemeden önce (davranarak), size gelenleri doğrulamak üzere indirdiğimize (Kitab'a) iman edin; Allah'ın emri mutlaka yerine gelecektir.[2]*"*

---

1. Bakara, 65.
2. Nisa, 47.

"Onlara, deniz kıyısında bulunan şehir halkının durumunu sor. Hani onlar cumartesi gününe saygısızlık gösterip haddi aşıyorlardı. Çünkü cumartesi tatili yaptıkları gün, balıklar meydana çıkarak akın akın onlara gelirdi. Cumartesi tatili yapamadıkları gün de gelmezdi. İşte böylece biz, yoldan çıkmalarından dolayı onları imtihan ediyorduk.

İçlerinden bir topluluk, 'Allah'ın helak edeceği, yahut şiddetli bir şekilde azap edeceği bir kavme ne diye öğüt veriyorsunuz?' dedi. (Öğüt verenler de) dediler ki: Rabbinize mazeret (beyan etmek) için, bir de belki sakınırlar diye (öğüt veriyoruz.)

Onlar kendilerine verilen öğütleri unutunca, biz de kötülükten menedenleri kurtardık. Zulmedenleri yapmakta oldukları kötülüklerden ötürü şiddetli bir azap ile yakaladık.

Kibirlerinden dolayı kendilerine yasak edilen şeylerden vazgeçmeyince onlara 'Adi maymunlar olun!' dedik."[3]

Sevgili Dost,

Kitabı okudun. Şimdi de söyleyeceklerimi dinle:

Mitolojinin yüz gözlü bekçisi Argus'un gözlerini sıkıcı hikâyelerle birer ikişer kapatıp uyutmak zor de-

---

3. A'raf, 163-166.

ğil. Ama Âyete'l Kürsî'nin *"O asla uyumaz!"* dediği Allah var.

Üzerindeki ipek şal hiçbir suç abidesini ebediyen gizleyemez. Tövbe yetişmezse imdadına, bir gün törenle açılır, kesilip kurdelesi. Hayret dolu bakışlar yapışır bu çıplak heykele.

Sevgili Dost
Yarın cumartesi.

45

Sevgili Dost,

Seçimler yaklaşıyor. Flamalarını dalgalandırarak, renklerini sağa sola rastgele sürerek yaklaşıyor. Dikkatinizi çekmek için sesini yükseltiyor, parende atıyor, hatta şarkı-türkü söylüyor. Kokular sürünüyor, vaadlerde bulunuyor, hatta *"Seni seviyorum,"* diyor. İyi bir seçim yapacağımızdan kuşkusu yok ama yine de ölçmemiz için yardımcı oluyor; kendi metresini veriyor. Onu sevimli bulmalıyız; afişlerde ısrarla gülümsüyor. Tabii biz de onu karşılıksız bırakmıyor, gülümsüyoruz. İşte, duvarlara asılması gereken bu gülümsemedir.

Sevgili Dost,

Tezgâhtar elbisenin bana yakıştığını söylüyor, inanıyorum. Pazarcı, *"Biberler tatlı,"* diyor, inanıyorum. Çingene, *"Yüreğin kabarmış,"* diyor, inanıyorum. Tamirci, *"Parça değişecek,"* diyor, inanıyorum. Piyangocu, *"Size de çıkabilir,"* diyor, inanıyorum. Ama inanmıyorum ona. Yalancı çobanı kurtlar yedi, yalancı fecri güneş. O gülümsüyor hâlâ, dayanıp sandığına.

Sevgili Dost,

Sen de seçtin bilirim; özenle seçtin. Giysilerinde renkleri, modeli, dikişi, kumaşı. Ayakkabılarında sağlamlığı, biçimi, yumuşaklığı. Seyahatlerinde hızlı ve güvenli firmayı. Okulunu, eşini, arkadaşını... Sen de seçtin. Ölçülerin vardı, bilgilerin vardı, kaygıların vardı seçerken. Elmanın sert ve sulu olduğunu dokunarak, peynirin yağlı olduğunu tadarak, balığın taze olduğunu koklayarak anladın. Peki şimdi! Ne yapacaksın? Nasıl ayırt edeceksin, sağlamı çürükten, güzeli çirkinden, doğruyu yanlıştan, dostu hainden? Ne birlikte yemek yedin, ne alış veriş ettin, ne borç para aldılar senden, ne beraber yolculuk ettin. Nasıl tanıyacaksın?

Sevgili Dost,

Aklı, bir avize gibi sallandırıp tepesinde, şu soruları sorsan kendisine: Sözünü tutuyor mu, yalan konuşuyor mu, koruyor mu emaneti? Haramdan korkuyor mu, yüzü kızarıyor mu, reddediyor mu ihaneti?

"Oyun başlamış, herkes rol almış, yollar ayrılmış.

SEÇ AL! SEÇ AL!

Gündüz geceyle, iyi kötüyle komşu; o, bu, ya da şu.

SEÇ AL! SEÇ AL!

Durmadan yanıp sönüyor trafik lambaları, özgür iraden var.

SEÇ AL! SEÇ AL!

Sevgi ve nefret, zulüm adalet, erdem ve günah.

SEÇ AL! SEÇ AL!

Bir kum saatidir hayat, gittikçe ıssızlaşır geride bir rüya kalır.

SEÇ AL! SEÇ AL!

Hayat yanlışlıklar, aldanışlarla dolu, soru sor, cevap ara.

SEÇ AL! SEÇ AL!

Davranışlarımız bizim kim olduğumuzu söyler, soru sor, cevap ara.

SEÇ AL! SEÇ AL!

Mektubun altına atılan imza, soru sor, cevap ara.

SEÇ AL! SEÇ AL!

Almak değil seçmektir hüner.

SEÇ AL! SEÇ AL!"[1]

---

1. Küçük Şey Yoktur'dan.

Sevgili Dost,

Seni seçtiğime pişman değilim. Sen de pişman olmayacağın seçimler yap.

Sevgili Dost,

SEÇ AL!

46

Sevgili Dost,

Şu günlerde herkes sesini duyurabilmek için hoparlörün sesini daha fazla açması gerektiğini düşünüyor. Bakalım kimin sesi yüksek çıkacak? Anfinin ibreleri zangır zangır titriyor; Nisan da olsa kış tabii. Ondan soğuk, el sallayanlar otobüslerden, *"Geliyoruz,"* şarkılarıyla. Yüzümüzdeki izleri unutup saf saf gülümsüyorlar. Ellerini sallıyorlar sevgili dostum, bu *"Gidiyoruz"* demek galiba.

İzler, evet fısıltıyla konuşurlar; bu yüzden derindirler. Yüzlerde dolaşırlar ustura edasıyla. İzler, evet gizlice buluşup, ele verirler kendilerini. İşte bıçak izleri denizi köpürten vapurun küpeştesinde gidip geliyor, Kadıköy'le Sirkeci arasında. Evet, köpürse de deniz, kalmayacak üstünde vapurun izi.

Ey harmanda gözü olanlar! Kim çaldı izinizi? Yoksa Hansel'le Gratel'in ekmek parçalarını kuşlar mı yedi? Telgrafın tellerine konan kuşlar.

Sevgili Dost,

Afişlerden sıkıldığını biliyorum. Yırtmakla baş edemezsin. Örtsen de pencereni kurtulamazsın sesten, takmazsan kerpeteni çivilerin boynuna.

Sevgili Dost,

Bana davulun ney'den daha güçlü olmadığını göster. Bir "kanun" taksimi yap; adaletli olsun. Payını düşür artık meydana. Bir tatlı huzur ver, Kalamış senin olsun.

Zile kızma; kapıyı döv, ağlasın. Güle kızma; kokuyu sev, ağlasın. Dile kızma; şarkıyı sev, ağlasın.

Sevgili Dost,

İkisi de yönetiyordu, ikisinin de elinde değneği vardı. Bir gün çoban ve orkestra şefi değneklerini değiştirdiler. İşte o günden beri köpek sesleri gelir konser salonlarından. İşte o günden beri koyun kahkahalarıyla çınlar vadiler.

Sevgili Dost,

Şu günlerde herkes sesini duyurabilmek için hoparlörün sesini daha fazla açması gerektiğini düşünüyor. Bense sadece senin duyabileceğin bir sesle fısıldıyorum kulağına.

47

Sevgili Dost,

Skor levhası görünmüyor. Tribünler ayakta. Kapalı tribünler, açık tribünler, şeref tribünü ve kale arkaları... Hakem bitiş düdüğünü öttürür öttürmez, bütün taraftarlar ayağa kalkıyor ve çılgınca flamalarını sallamaya başlıyorlar. Başı eğik kimseyi göremeyince soruyorum: Kim kazandı?

Zafer şarkıları bunlar; yalnız tribünlerden değil, kapılardan, pencerelerden ve bacalardan yükseliyor. En dar sokağından, en geniş caddesine kadar bütün şehir zaferi konuşuyor: Kimin eli iyiydi, kimin ayağı? Kim önden gitti, kim son vagona atladı? Kim havlu attı, kim sonuna dek dayandı?

Sevgili Dost,

Kim kazandı?

Hepsinden hızlı koşan mı? Çıtayı düşürmeden sıçrayan mı? Kelebek gibi kaçıp arı gibi sokan mı?

Kim kazandı?

Sabahlara kadar sınavlara çalışan mı? Yürüyenin elinden çantayı kapıp kaçan mı? Güzellik yarışmasında *"Kraliçe"* olan mı?

Kim kazandı?

Yüzlerce kiloyu kaldıran mı? Yüzlerce kişiyi güldüren mi? İlk defa yüzerek Manş'ı geçen mi?

Kim kazandı?

Atom bombasını Hiroşima'ya atan mı? Everest'in tepesine ilk kez varan mı? Doksanıncı dakikada maçı alan mı?

Kim kazandı?

Kitapları milyonlarca satan mı? Kafasıyla mermerleri kıran mı? Sesiyle dünyayı ayağa kaldıran mı?

Kim kazandı?

İhaleyi *"aslanın ağzından"* kapan mı? Kepçeyi elinden bırakmayan mı? Atlı mı kazandı, yoksa yayan mı?

Kim kazandı?

İspanyollar mı, Kızılderililer mi? Hitler mi, Yahudiler mi? Beyazlar mı, zenciler mi?

Kim kazandı?

Kosovalılar mı, Sırplar mı? Maviler mi, Yeşiller mi? Kuzular mı, kurtlar mı?

Kim kazandı?

Odunlar mı, küller mi? Terziler mi, kumaşlar mı? Avcılar mı, kuşlar mı?

Kim kazandı?

Gülleler mi, surlar mı? Salonlar mı, kırlar mı? Değnekler mi, körler mi?

Kim kazandı?

Diriler mi, ölüler mi? Çobanlar mı, sürüler mi? Efendiler mi, köleler mi?

Kim kazandı?

Sevgili Dost,

Herkes kaybetti. Ölüm kazandı. Mezar taşlarına *"Huve'l Bâki"* kazındı.

48

Sevgili Dost,

Senden şikâyet var. Eski köye yeni âdetler getiriyor, can sıkıyormuşsun. Konuşman, mimiklerin, hareketlerin hatta giyim kuşamın değişmiş. Böyle sert bakmazmışsın eskiden, sesinin tonu böyle değilmiş. *"Kulağını çekiver; yorgunsa dinlendirelim, üzgünse sevindirelim; bir eline güneşi, öbür eline ayı verelim,"* diyorlar.

"Gerilmeyen bir yay oku ne kadar uzağa fırlatabilir?" de ne demek?

Sevgili Dost,

Senden şikâyet var.

Sana ne deniliyorsa onu yapacak, gerginliği tırmandırmayacaksın. Her şey yolundaymış gibi davranacak -yoksa öyle değil mi?- otobüste ayağına basıldığında, kim diye bakmayacaksın. Özür dilemiyor mu? Olsun, *"Dikkat edin!"* gibi aşırı sözler sarf etmeyeceksin.

Lokantaya mı gittin, menüde ne varsa onu isteyecek, canının çektiğini söyleyip can sıkmayacaksın. Dolu yağarken, *"Hava ne güzel!"* derlerse gülümseyerek başını sallayacak, elbise alırken, ille de bir beden küçüğü diye ısrar etmeyeceksin. *"Böyle daha zengin durduğunu,"* dostum sen de anlayacaksın. Gazinoya gittiğinde assolist ne söylerse onu dinleyeceksin. İstediğin şarkıyı kâğıda yazıp ortamı germeyeceksin. Kasap, kaşla göz arasında yağı kıyma makinesine mi dolduruyor, *"Ne yapıyorsun?"* diye asla bağırmayacak, kasabı heyecanlandırıp elini kıyma makinesine kaptırmasına sebep olmayacaksın. Dolmuş şoförü buruşuk paranı kabul etmezse hemen gıcırını verecek, sana verdiği eksik para üstünü hoş karşılayacaksın. Yolculukta seyahat ettiğin koltuğun, bir başkasına da satılmış olması yüzünden, tansiyonunu yükseltip diğer yolcuları huzursuz etmeyeceksin. Paylaşmanın önemini hatırlayıp koltuğunu terk edeceksin. Aldıktan birkaç gün sonra topuğu fırlayan ayakkabın için hemen sokağa fırlamayacaksın. Kendin tamir edemiyorsan, üç beş kuruş verip krizi atlatacaksın. *"İki gün önce almıştım, ne çürük mal,"* gibi sözleri asla ağzına almayacaksın. On beş senedir devam eden kooperatif inşaatı yüzünden sinirlerini yıpratmayacak, soranlara *"Geç olsun, ama güç olmasın,"* diyeceksin. Gemi batarken panik yapmayacaksın. Bazılarının filikalara önce binip gemiden ayrılması yüzünden, *"Filikaya beni de alın!"* diye dayatmayacaksın.

Hüsnüzanda bulunup herkese yetecek kadar filika olduğunu, ya da geminin batmayacak kadar güçlü olduğunu düşüneceksin. Varsın türkü söyle desinler sana; teller gerilir diye, sazını akort etmeyeceksin. Senden öncekilere olanlar tedirgin etmesin seni; senden sonrakileri tedirgin edeceksin. İçinde rengârenk fişekler patlasa da gözlerinden taşmasına izin vermeyeceksin.

Sevgili Dost,

Senden şikâyet var.

Allah bilir, sen ölüm döşeğinde bile inleyerek yakınlarının arasında gerginliğe sebep olursun.

Sevgili Dost,

Kurallara uyacaksın. Sahrada *"Su içilmez!"* tabelasını gördüğünde gülümseyeceksin.

49

Sevgili Dost,

"Su kaynamaya başlayınca buharlaşır, buharlaşınca da hacmi genişler. Geniş hacimli su buharı çaydanlığın içine sığmadığından bir yol bulup dışarı çıkmaya çalışır. O zaman ne olur?" diye sordu öğretmen. Ön sırada oturan küçük bir kız gülümseyerek, *"Çaydanlığın kapağı tıkır mıkır oynar öğretmenim,"* dedi. Öğretmen, *"Evet, tatlı çocuk,"* dedi. *"Bu olay bir zamanlar bazı bilim adamlarının da dikkatini çekti ve ardından makineleri çalıştırmak için yepyeni bir gücün ortaya çıkmasına yol açtı: Buhar gücü."*

Küçük kız işte o gün suyun gücünü öğrendi. Akarken değirmenlerin çarklarını döndüren, donduğunda buz dağı olup gemileri batıran, buharlaştığında pistonları çıldırtan suyun gücünü. Rüzgârla birleştiğinde dalga, ateşle birleştiğinde buhar, soğukla birleştiğinde aysberg olabilen su, bardakta ne kadar sakin ve gösterişsiz duruyordu.

Öğretmen, *"İcatlar ihtiyaçlardan doğar,"* demişti. Karanlıktan kurtulmak için ateş yakmak yetmiyordu. Kandilden muma, gaz lambasından ampüle ulaşılmalıydı. Dayanıklı bir iletkenden güçlü bir elektrik akımı geçirildiğinde meydana gelen ısı, ışık enerjisine dönüşebilirdi.

Demek güç yerinde durarak değil, dönüşerek elde ediliyor, diye düşündü küçük kız. Bu düşünceyle güzel gözlerinde yıldızlar yandı. Bu yıldızları görenler, parıltıların gözün doğal yansıması olduğunu sanıyor, bir düşüncenin dönüşümü olduğunu bilmiyorlardı.

Halbuki öğretmen ne kadar çok şey biliyordu. *"İnsanlar yüzyıllar boyunca mikropların varlığından habersiz yaşadılar. Ağır hastalıklar ve salgınlar bu görülmeyen küçük yaratıkların araştırılmasına neden oldu. Taş kuma, kum cama, cam büyütece, büyüteç mikroskoba dönüştü. Önce tifo, sonra verem, ardından da kolera mikropları bulundu. Birçok mikrobun kimliği ortaya çıkınca, onlarla mücadele yöntemleri bulunmakta gecikilmedi. Böylece peş peşe birçok hastalığın aşı ve serumu bulunmuş oldu."*

"Demek ki önce tanımak gerekiyor," dedi küçük kız. Mikropları yenmek için tanımak gerekiyor.

Acaba bunlar yuvarlak biçimde olan ve yara, çıban, menenjit, zatürree, kızıl gibi hastalıklara yol açan *kok*'lardan mı, çomak şeklinde olan tifo, dizanteri, şarbon, tetanos gibi hastalıklara neden olan *basil*'lerden mi, yoksa bir virgülü andıran şekilleriyle kolera gibi korkunç salgınlara yol açan *vibriyon*'lardan mıydı?

Neden onu sınıftan dışarı atmak istiyorlardı. Gülümsemeye çalışıyor, ağlamamak için kendini zor tutuyordu. Öğretmen aslında çok seviyordu bu küçük kızı, ama sınıftaki gürültü yüzünden sesi duyulmuyordu. Sıra kapaklarına vuruluyor, *"Dışarı... Dışarı..."* diye tempo tutuluyordu. Öğretmen ne yapacağını şaşırmıştı. Bunlar kendi öğrencileri olamazdı.

Zil çalmış, sınıf boşalmış, sesler kesilmişti. Küçük kız ağlayarak bahçeye çıktı. Göğsü heyecanla inip kalkıyordu. Yanında kimse yoktu. Eve gitmek istiyordu.

Okulun bahçesinden çıkarken omuzuna çok güzel bir kelebek kondu. Bu rengârenk kelebek ona çok sade bir şeyi hatırlattı: Suyu.

50

Sevgili Dost,

Dün bir manzara gördüm. Bu usta bir ressamın fırçasından çıkan; içinde ağaç, kuş, dağ ve göl olan bir tabiat manzarası değildi. Bu manzara tabii değildi çünkü. Bu manzarada her şey sanal ve çirkindi. Bu çirkin tabloyla odalarının duvarlarını süsleyen adamlar, misafirlerine tablolarını gösterip gururlanıyorlar; *"Altındaki imzaya bakın, çok değerli,"* diyorlardı.

Dün bir tablo gördüm. Renkleri çiğ, hatları keskindi. Bu olsa olsa gerçeküstü akımın temsilcisi bir ressam tarafından yapılmıştı. Ağız, gözlerin yerinde, gözler ağzın yerindeydi. Kulaklar yoktu. Gördüğüm bu tabloda gerçeğin yarısı sessiz sedasız -belki de gürültülü bir şekilde- ortadan kaldırılmıştı. Büyük pedagog John Stuart Mill, *"En büyük kötülük, gerçeğin parçaları arasındaki şiddetli çarpışma değil, gerçeğin yarısının sessiz sedasız ortadan kaldırılmasıdır,"* demiyor muydu?

Dün bir manzara gördüm. Bir masa vardı manzarada; masanın arkasında bir kişi, önünde bir kişi vardı. Bu iki kişi arasında Paul Valery'nin bir kitabındaki şu diyalog geçiyordu:

- *İnanın bana!*

- *Neden?*

- *Yararınıza da ondan.*

- *Nasıl biliyorsunuz bunu?*

- *Ben inanıyorum.*

- *Demek siz inanıyorsunuz diye ben de inanmalıyım.*

İnanın bana, diyen adam bilmiyordu ki, biraz zorlamayla belki kendisi gibi düşündüğünü söyletebilecekti karşısındakine ama kendisi gibi düşündürmeyi başaramayacaktı. Dili, kalbine ihanet etse de gözleri ruhundaki isyanı yansıtmaya devam edecekti. Bakalım, *"Bir şey istediğin zaman, bütün evren arzunun gerçekleşmesi için işbirliği yapar,"*[1] sözü, masanın arkasında oturan için mi, yoksa önünde oturan için mi geçerli olacaktı?

Sevgili Dost,

Dün bir tablo gördüm. Tabloda ağaç, kuş, dağ ve göl yoktu. Bu doğal olmayan bir tabloydu çünkü. Bu

---

1. Paulo Coelho.

tabloda bir masa ve iki insan -pardon bir insan- vardı. Bu tabloyu büyük eğitimci John Stuart Mill'e de gösterdim. Şu yorumu yaptı:

"Bir düşüncenin, ona her türlü itiraz imkanı varken çürütülmemiş bulunmasından dolayı doğru olduğunu farzetmek ile, onun reddolunmasına müsaade etmemek yoluyla, onun doğruluğuna hükmetmek arasında pek büyük bir fark vardır.

Bir düşüncenin doğru olduğunu kabul etmemizi haklı kılan esas şart, başkalarının bizim fikrimizin aksini söylemek ve onun yanlışlığını ispat etmek konusunda tam bir hürriyete sahip bulunmalarıdır."

Sevgili Dost,

Dün bir tablo gördüm. Bu tabloyu daha önce de birkaç kez görmüştüm. İnsan her zaman aynı şeyleri görürse, bunu yaşamının tabii bir parçası gibi görmeye başlarmış, aykırı olsa bile. Ama ben bu tabloyu içime sindiremedim. Zorlasam ancak bir takma kol ve bacak gibi duracak üzerimde.

Sevgili Dost,

Gerçekleri, sırf kendi düşüncelerine sahip olmayan biri tarafından dile getirildiği için şiddetle reddetmek yüceltir mi kimseyi? Boğmaya teşebbüs edilen bir inancın yanlış bir inanç olduğundan nasıl emin olunabilir? Bunu söyleyebilmek için, o inancın sahiplerini taciz etmek yerine, o inancı tanıyıp tarif etmek gerekmez mi? Bu yapılmadığı taktirde, nasıl *"Bilgi toplumu"*ndan söz edilebilir?

Dün bir manzara gördüm. Televizyonda gördüm bu manzarayı. Eski bir savaş. Hangi ülkede geçiyordu tam anlayamadım. Filmin yarısında açmıştım televizyonu. Gaz odaları mıydı şu odalar? Koridorlarda dolaşan Gestapo şefleri miydi?

Masanın arkasında oturan basın mensuplarına şu veciz açıklamayı yapıyordu: *"Öğrencileri odada filme aldığımız doğrudur. Ne yapsaydık yani. Ya sonradan başörtüsüz okula girmeyi, baskı altında kabul ettiğini söylerse!"*

Sevgili Dost,

Dün bir manzara gördüm. Doğal bir manzara değildi.

51

Sevgili Dost,

Sözlükler, binlerce kelime bildikleri halde konuşamazlar. Onları dilsiz yapan sahip oldukları kelimeleri baş harflerine göre ve alt alta sıralamalarıdır. Çok şey bilip de susmanın ağırlığını taşır sözlükler. Yaşlı Kızılderililer gibi bir köşede sessizce çubuklarını tüttürürler.

Kelimeler ne zaman sözlüklerden çıkıp yan yana gelirler, ne zaman üçlü beşli gruplar oluştururlar, o zaman başlar heyecan. Tek başlarına taşıdıkları küçük çuvalı sırtlarından indirip beraberce dağları taşımaya kalkışırlar. Çağrışım o kadar büyük bir güçtür ki dağları taşımakla kalmaz nehirleri de tersinden akıtabilir. Çağrışım öyle bir sihirdir ki şapkadan tavşan da çıkarabilir, kelimelerden kan da. İlkinin adı hokkabazlık, ikincisinin adı sanattır.

Lamartine, *"Sanatçıya iki göz yetmez,"* diyor. Demek üçüncü bir göze ihtiyaç var, tabiatın objektif resmini değil, manzaranın ne ifade ettiğini görebilmek için. Demek bir kalp gözüne, bir aşk gözüne ihtiyaç var.

Bergson'a göre sanatçı, *"Bir şeye aşkla bakabilen kimsedir."* Sanat eseri bu bakıştan doğar. Bu yüzden en büyük sanatkârlar, aynı zamanda en büyük âşıklardır. Aşkın şiddeti ne kadar kuvvetli olursa, sanat eseri de o kadar büyük olur.

Mevlânâ'nın, *"Sen kapları, testileri hele bir kır; sular nasıl bir yol tutar gider,"* sözleriyle çağırdığı yer *"Aşk"* değil midir? Onun kır dediği kaplar, nasıl kaplardır ki, kırılması sağlam kalmasından daha iyidir.

Sâdi de âşıklar için, *"Onların içleri Mescidi Aksa gibi kubbeler ile doludur. Onlar dışardaki duvarları mahsus harap halde bırakmışlardır,"* demiyor mu? O halde harap duvarlarına kanıp saraydan mahrum kalmak niye. O halde küpe kanıp şaraptan mahrum kalmak niye.

Sevgili Dost,

Eserlerini yalnızca, *"Bir sanat eseri olsun,"* diye verenleri değil, her şeye aşkla bakabilen gözleri tanıyor tarih. O gözlerle manzaralar tablo, gölgeler fotoğraf, kelimeler şiir oluyor. Attila İlhan'ın dizelerindeki gözler, sevgilinin değil, aşkın gözleridir elbet:

"o gözler ki
çakmaktaki alev
zehirli hançerlerdeki uç
yakut bir avize gibi
yalnızlığımızda dururlar
nereye gitsek gelir bizi bulurlar
gelir bizi bulurlar
bulurlar."

Sevgili Dost,

Her eser kadim sanat yapısına konulan yeni bir tuğladır. Bu tuğlanın mevcut yapıya bir şeyler katabilmesi için, en az bütünleşmeye çalıştığı yapı kadar kuvvetli ve saf olması gerekir. Bu gerçekleşmediği takdirde, er geç bütünün ahenginden kopup düşmesi kaçınılmaz olur. Saflık yeni bir ateşle, kuvvet gelenekle elde edilir. Saman alevi değil, zaman alevi olmalı.

Sevgili Dost,

Sâdi ne güzel söylemiş:

"Hayattan meyus olanlar, güzel sözler söylerler. Görmez misin ki, kalemin ucu kalemtraş ile kesilince, kalemin dili daha keskin olur."

Sevgili Dost,

Bir körün parmak uçları kadar hassasına az rastlanır kalbin.

52

Sevgili Dost,

Bugün yazmak değil, konuşmak istiyorum seninle; ruhun yüksek sesiyle konuşmak. O halde bir minber inşa et bana, denizin ortasında. Görenler uzaktan deniz feneri sansın bu kör fenerini. Akılları gözlerinde olanlar İsrafil'in surunu bekleyedursun, akıl sahipleri derhal mezarlarından çıkıp gerçek hayatlarını yaşamaya başlasınlar!

Sevgili Dost,

Bugün yazmak değil, konuşmak istiyorum seninle; ruhun yüksek sesiyle konuşmak. Kaltizatüs'ün nutkunu dinleyen Demosten gibi günlerce, yapamayacağını düşündüğü bir konuşma için hazırlandıktan sonra, bir gün ağzındaki çakıl taşını fırlatarak bağıra bağıra dalgalarla konuşmak.

Sevgili Dost,

Kalben ve bütün kuvvetiyle bir şeyi arzu eden kimse onu mutlaka yapar. İstemek işte buna derler!

Nefes almakta güçlük çeken birine pencere açmak ha! Ya katiliyse onun pencereler! Ya gözleri açılan bir kör, *"Eyvah görüyorum!"* diyorsa. Aksi istikamette koşan birine *"Dur!"* diye bağırılırken ya aynadan silinen kırmızı yazı kana dönüşüyorsa!

Sevgili Dost,

Bugün yazmak değil, konuşmak istiyorum seninle; ruhun yüksek sesiyle konuşmak. Beethoven'in *"Ayışığı Sonatı"*nı dinledikten sonra soğuk bir sessizliğe gömülen Goethe'ye, Beethoven'ın dediği gibi: *"Siz de bir şey söylemezseniz, beni kim anlayacak!"* Kim sökecek minbere saplanan paslı çiviyi? İhanet nasıl gövdeden ayrılacak?

Sevgili Dost,

Bugün yazmak değil, konuşmak istiyorum seninle; ruhun yüksek sesiyle konuşmak. Dilsiz değil, dudaksız bir adam gibi çirkin, fakat güzeldir hakikati konuşmak. Çünkü gerçek sobeler, sona ermeli artık yalanla arasındaki terli saklambaç.

Sevgili Dost,

Güneş doğdu. Artık yıldızları ceplerimizde bile saklayamayız. Şeytanın hantal elleri boğazımızdan koptu. Artık tutsak olamayız.

Sevgili Dost,

Mikelanj'ın en önemli eseri, ne Paris Louvre Müzesi'ndeki *"Tutsak"* heykeli, ne Roma'da Sistine'in tavanına yaptığı *"İnsanın Yaradılışı"* freskidir. Mikelanj'ın en önemli eseri belki de kendisi için söylediği şu cümlelerdir:

"Günah içinde yaşıyorum. Ölürken kendim için yaşıyorum. Artık hayatım bana ait olmaktan çıkıyor. O, kötülüğün kurbanıdır şimdi. İyilik Tanrı'dan gelir. Ama kötülüğü kendim yaratıyorum. Düzensiz isteklerime bırakıyorum kendimi. Özgürlük adına, özgürlüğümü zorla zincire vurdum. Kutsal olan şeylerimi ölümlülüğe sürükledim."

Sevgili Dost,

Bugün yazmak değil, konuşmak istiyordum seninle. Ama yine yazdım.

Sevgili Dost,

O halde sen konuş!

53

Sevgili Dost,

Merhameti gördün mü? Kaybolduğundan beri -kaçırılmış da olabilir- kendisinden bir haber alınamayan merhameti. *"Kayıp Aranıyor"* ilanlarından bir ses çıkmadığına göre, merhameti tanıyanlar gazete okumuyor, sokaklarda dolaşmıyorlar. *"İnsanlık namına"* bir kıpırtı olmayınca, bu kez *"Kanun nâmına"* harekete geçiliyor ve kasaba halkı Şerif'in arkasına düşüp merhameti kaçıranları aramaya başlıyor. Meşalelerin dili karanlığı didikliyor, gecenin kenarını tutuşturuyor. Eller ağzın iki kenarına tutulup bağrılıyor: *"Merhamet! Merhamet!"* Ses ormanın içinde nereye gideceğini bilemiyor, panik içinde sağa sola koşuşturuyor, çalılara takılıyor, yaprakları döküyor, baykuşları korkutuyor, sonra bir kuyunun içine düşüp ıslak bir şekilde geri dönüyor: *"Merhamet!"*

"Merhamet" yankı yapıyor.

Aramadık yer bırakmıyorlar. Buluta bakıyorlar, dağılıyor. Göle bakıyorlar, kuruyor. Gölgeye bakıyorlar, çekiliyor. Taşları bile birer birer uyandırıyorlar oyuklarında. Taşların altı solucan kaynıyor.

Sevgili Dost,

Merhameti gördün mü? Eşkâlini tarif etmem gerektiğini biliyorum ama, bu hiç de kolay değil. Kanadı var, desem, hemen yolarlar. Gözleri var, desem, mil çekerler sürme diye. Ayakları var, desem, mıhlarlar sandalyeye.

"Nesi var?" / "Gülüşü var!" Ağlatırlar.

"Nesi var?" / "Yaprakları var!" Kopartırlar.

"Nesi var?" / "Beyazı var!" Karartırlar.

Sevgili Dost,

Merhameti gördün mü? Ne olur bana da göster. Kimseye söylemem, söz; zarar veremezler. Beni kanadının altına almasa da ne çıkar; emerim ışığını. Dizinin üstüne yatırmasa da olur; kim söylemiş uyuduğumu?

Sevgili Dost,

Merhameti gördün mü? Tamam, söyleme biliyorsan yerini. Bari hayatta olduğunu haber ver. *"Merhamet ölmedi, değil mi?"*

Sevgili Dost,

Cennetle cehennem yarışa kalktı. Sen hâlâ susuyorsun. Güneş dürüldü, yıldızlar döküldü, vahşi hayvanlar bir araya toplandı. Sen hâlâ susuyorsun.

Sevgili Dost,

Merhameti gördün mü?

54

Sevgili Dost,

Depremin şiddeti neydi bilmiyorum ama bildiğim, taş yığınları arasından iniltilerin geldiğiydi. Herkes kendi evinin, dükkanının önünde tanıdık bir ses duymayı, bildik bir el görmeyi beklerken; her evin, her dükkânın yıkıntıları arasından yükselen ses onun sesi, uzanan el onun eliydi: Yalanın.

Evet, yalan. Yıktığı yetmiyormuş gibi kurtarılmayı bekliyordu. Kurtarılmayı evet, hayatımızın yıkıntıları içinde bile bulunmayı haketmiyordu çünkü. Biz sokaklarda gecelerken ona bir çadır kurmalıydık. Bütün ihtiyaçlarını temin etmeli, asla sokağa çıkarmamalıydık onu. Asla! Ama o ne yapıp edip çadırın kapısından bakmayı başardı. Çünkü elbiseleri süslü. Merhametimizi baştan çıkardı!

Sevgili Dost,

Şimdi nereden mi çıktı *"Yalan."* Nereye girmedi ki? Kapıların kapalı olduğunu sanıp pencerelerden girdi. Oysa açıktı kapılar; kollarına dokunulmayı bekliyorlardı. Kapıların kapalı olduğunu sanıp pencerelerden çıktı. Gıpta etti hırsızlar, üstad bellediler onu. Düşürse de çuvalından bir şeyleri; o hiç yakalanmadı.

Hâlbuki biz onu esirimiz sanmıştık. Ta ki bir şair, adı Schiller'di; *"Zincirini koparan esirlerden korkun siz, hür insanın önünde titremeye gerek yok,"* diyene kadar. Fakat gözlerimizi açana kadar kayboldu gözden. Spurgeon'un tabiriyle: *"Gerçek, çizmelerini giymekle meşgul olduğu sırada, yalan bütün dünyayı dolaştı."*

Sevgili Dost,

Yalan sizin evin önünden de geçti mi? Boyu uzun muydu, kısa mı? Ne giyiyordu? Düzgün mü yürüyordu, yoksa bir ayağı aksıyor muydu? Susuyor muydu, yoksa ıslık mı çalıyordu? Gözleri ne renkti? Bir yere yetişecekmiş gibi hızlı hızlı mı yürüyordu, yoksa hiç acelesi yokmuş gibi yavaş yavaş mı?

Sevgili Dost,

Yalan, senin kapını da çaldı mı? Ona açmadın kapıyı değil mi? Yoksa senin de mi merhametini çaldı. Yaptığı işlere kendini inandırmasaydı, bu kadar benzemezdi gerçeğe. Kendi inanmasaydı, inandıramazdı. Sanıyor musun ki aldatabilirdi, yalan yalan olsaydı.

Hâlbuki o yine süslü elbiselerini giymiş, kabağın arabaya, farelerin atlara dönüşmesini bekliyor. Acelesi var. Baloya yetişmeli! Düşürmeli iskarpinlerinden birini merdivenlerde. Büyü bozulmadan evde olmalı. Sonra prens, şehrin bütün kızlarının ayağında denemeli iskarpini. Yaklaşmalı evine. İşte geliyor! Şimdi onun ayağında deneyecek iskarpini... Sen osun diyecek!

Ama o da ne, ayağına küçük geliyor iskarpin! O da ne; kendi ayakkabısı olmuyor ayağına!

Yalan! Neden şaşırdın? O kadar hızlı büyüyorsun ki!

Sevgili Dost,

Aristo, *"Eflatun'u severim, fakat gerçeği ona tercih ederim,"* derken, Cicero, *"Ah büyüktür gerçeğin gücü! O insanların ustalıklarına, kurnazlıklarına, oyunlarına ve kurdukları bütün tuzaklara karşı da kendini kolayca savunabilir,"* diyor. Peki, sen ne diyorsun?

Sevgili Dost,

Avucuyla su içen bir çocuğu gören Diyojen, maşrapasını kırmış. Maşrapaya ihtiyacı olmadığını düşünmüş o an.

Sevgili Dost,

Lütfen söyle!

Bizim yalana ihtiyacımız var mı?

55

Sevgili Dost,

İşte yıkılmayacağını düşündüğümüz binalar, çocukların kumdan şatoları gibi unufak. Boyanın, parkenin, sıvanın, demirin, mozaiğin, betonun, cilanın zemine yenilişi. Zemin, hesaba katılmayışının öcünü, rodeo boğaları gibi sırtında ne varsa savurarak alıyor. Zemin, çatıları, direkleri, duvarları çizgisine çekip hemzemin yapıyor. Hemzemin; yani zeminle bir, aynı hizada.

Sevgili Dost,

Neyin üstüne bina ettiğini bilmeyenler, neyi bina ettiklerini nereden bilecekler? Nereden bilecekler inşa ederken bozulan eşitliğin, yıkılırken kurulacağını. Eski bir gazetenin şöyle bir sloganı vardı: *"Her sabah dünya yeniden kurulur." "Yeniden yıkılır,"* mı demek lazımdı?

Her sabah yeniden yıkılan bir dünyada duvarcı ustaları, malaları ve çekülleriyle gezerken gölgelerindeki kazma ve küreğe hayret etmiyorlar. Çünkü biliyorlar, yıkılmak üzere yaptıklarını.

Sevgili Dost,

Siyah beyaz bir fotoğrafı güçlü kılan gölgeleridir. Görünenden çok görünmeyendir gözü sallayan. Şimdi *"İstanbul Hatırası"* çektirmenin zamanıdır. Bir fotoğraf, gölgelere tuzaklar kuran. Bir fotoğraf: Yıkıntılar içinden çıkan elde yüzük var. Demek insanlık ölümle nişanlandı.

Sevgili Dost,

Yaşamak, beraberinde anlamayı da getirirse gerçekten yaşanmış olur. Depremi önceden fark edip uluyan köpeklerden ve çırpınarak öten kuşlardan bir şeyler ayırmalı bizi. Madem önceden hissedemiyoruz, bari sonradan bir şeyler hissetseydik. Madem kulaklarımız yenildi, kalbimizle dinleseydik.

Sevgili Dost,

Geciktin. Artık enkaz altından ses duyamazsın. Yetiştin. Bak, çadırlardan yükselen ilâhiler göğe değiyor. Sen hayatın flaşını parlat. Ölümün fotoğrafı yüzünü gölgeliyor.

Sevgili Dost,

Şimdi bu fotoğrafı, siyah-beyaz fotoğraflarının yer aldığı çocukluk albümüne tak. Sonra evine gelen konuklara fotoğraflarını gösterirken yaptığın gibi, işaret et parmağınla: *"Bu benim!"*

Sevgili Dost,

Bize yerini göster!

Sen bu fotoğrafın neresindesin?

56

Sevgili Dost,

Saat 03.30. Gecenin en koyu olduğu sıralar. Ağustosböcekleri Temmuz'da da geceye ritmik seslerini hediye ediyorlar. Her an, her yerde bir şeyler oluyor. Ben yazıyorum, hırsız otomobilin kelebek camını kırıyor, kelebek otların içinde uyuyor, otlar toprağa sıkı sıkı yapışıyorlar. Toprak; köklere, tohumlara, taşlara, kemiklere, madenlere, küplere, köstebeklere, yılanlara, solucanlara aynı anda sarılıyor.

Demek etrafımıza çizdiğimiz fasit daireyi bir yerinden kırıp keşfetmek gerekiyor. Keşfetmek gerekiyor ki toprakta, ağaçlardan ve otlardan daha fazla bir şeyi görmek mümkün olsun. *"Robinson Crusoe adanın en yüksek, daha doğrusu en iyi görünebilecek noktasını, inatçılıktan, alçak gönüllülükten, korkudan, cahillikten ya da özlemden terk etmemiş olsaydı, kısa sürede mahvolup giderdi; ama gemilere ve onların güçsüz dürbünlerine bel bağlamayıp adasını baştan sona keşfetmeye ve onun zevkini çıkarmaya başladığından beri sağ kalabildi ve sonunda, mantıksal açıdan zorunlu bir sonuç olmasa da, bulunup kurtarıldı,"* diyor Kafka *Aforizmalar*'da.

Bu sözü duyan bir kozalak, uçurumun kenarındaki bir çam ağacının tepesinden kopup yuvarlanmaya başlıyor; yitirilen şeylerin istenilen şeylerden çoğu kez daha değerli olduğunu keşfetmek için.

Bir şahin ya da atmaca çevikliğiyle kozalağı tutup kurtarmak niye? Bırakalım gidebileceği en son noktaya ulaşsın. Bir kaya dibinin, bir ağaç dalından ya da gölgesinden daha güzel olmadığını başka nasıl öğrenecek?

Sevgili Dost,

Oruç bir keşiftir; iftar perdeyi yırtar. Gurbet bir keşiftir; sılayla parlar. Küslük bir keşiftir; özlemden ağır bir ceza mı var?

Alain, *"Sevmek, sevilen kişinin en iyi taraflarını desteklemek, keşfetmek ve teşvik etmek demektir,"* diyor *Minerva veya Bilgelik*'te. Ben de bilgelik, bunu doğal süreci içinde yapmaktır diyorum. Tabii gelişimi durdurmanın, istenilen görüntüyü sağlasa bile; ancak ayağı küçük kalsın diye cendereye sokulan Çinli kızlar kadar sağlıklı olabileceğini düşünüyorum.

Sevgili Dost,

Birbirimizi tanımak için neyi bekliyoruz?

Birbirimizi anlamak için neyi bekliyoruz?

Birbirimize anlatmak için neyi bekliyoruz?

Bak ne diyor Rousseau: *"Dostumuzu tanıyabilmek için büyük hadiseleri bekleyeceğiz; o zaman da iş işten geçmiş olacak; çünkü onu tanımak zaten bu hadiseler için lâzımdı."*

Sevgili Dost,

Sen lazımsın bana ve önemlisin hadiselerden. Çünkü büyük bir olaydır dostluk.

Çok büyük.

57

Sevgili Dost,

Mektubunda seni eleştirmemi istiyorsun. Sahi bunu gerçekten istiyor musun? Çünkü insanlar çoğu kez, onaylanmak için danışır, alkışlanmak için beğeninize (tenkidinize değil) sunarlar düşüncelerini. Kendisine danışılan kimse de çoğu kez gerçek düşüncesini söylemez. Karşısındaki insana sevimsiz görünmek istemez çünkü. Kimi zaman da bu insan onun gerçekten sevdiği biridir ve o bu sevgiyi kaybederim korkusuyla kaşık kaşık acı şurup içireceğine kaşık kaşık bal yedirir dostuna.

Sevgili Dost,

Zihninin bir arı kovanı gibi dolup boşaldığını görüyorum. Seni rahatlatmak için bütün arılarını üstüme alabilirim. Ama sen gerçekten istiyor musun bunu? O halde benim göndereceğim birkaç arının iğnesine de sen sabret. Çünkü ben dostlarıma bal yedirmiyor, bal yiyen arılar gönderiyorum.

"Kafası bir sürü düşüncelerle dolup taşan herkesin, bir başkasıyla görüşüp tartışmakta zekâsının da kavrayışının da aydınlığa kavuştuğu, güçlendiği su götürmez bir gerçektir. Bu durumda insan düşüncelerini daha kolay evirir, çevirir, daha bir çeki düzene sokar, söze döküldüklerinde nasıl bir biçime girdiklerini görür; kısacası yalnız başına olabileceğinden daha akıllı olur; hem de bütün gün düşünerek değil, birkaç saat görüşerek." Böyle demiş Bacon, böyle demiş de seninle değil birkaç saat, birkaç dakika bile görüşmek ne mümkün! Demek ki zarflarda buluşacağız. Yaşasın mürekkep!

İşte birinci arımı gönderiyorum ve omuzuna konuyor. Korkma hemen batırmayacak iğnesini. Önce Pisagor'un *"cor no edito"* sözünü hatırlatacak. *"Yüreğini yeme!"* diyecek sana. Pencereleri açılarak havalandırılmayan bir ev, ağır ağır örümceklerini karşılamaya başlar. Kapağı açılmayan küp de yosunlara kucak açar. O halde aç pencereleri. Yeme yüreğini!

İşte ikinci arımı gönderiyorum. O da omuzuna konuyor. Konar konmaz da batırıyor iğnesini: *"Âlemin bana yaptığı, ne kadar müthiş olursa olsun, benim bana yaptığım daha müthiştir."*[1]

---

1. Oscar Wilde.

Canın yanıyor değil mi? Çünkü insan en son kendine kızar. Çünkü çoğu kez duygularını ve arzularını kendinden bile kamufle eder. Düşman uçakları görmesin diye otların ve ağaçların rengine boyanan silahlar gibi örter üstünü başka renklerle. En vahşi arzularına, en masum giysileri giydirir.

Can havliyle, *"Sen beni tanımıyorsun,"* dediğini duydum. Demek öyle! O zaman üçüncü arımı karşılamaya hazır ol ve kulağına Konfüçyüs'ten öğrendiği şu sözü fısıldamasını bekle: *"İnsanların beni tanımamış olmalarından dolayı müteessir olmam. Ben onları tanımadığım için üzülürüm."* Ardından, *"Ama haklıyım ben. Yaptıklarımın bir sebebi olmalı. Çok katısın! Anlamıyorsun!"* diye bağırıp kovala kulağındaki arıyı. Ve dördüncü arı sana doğru uçarken yolda üçüncü arıyla karşılaşsın, sonra şöyle desin ona: *"Madem ki, teselli için yapacak bir şeyleri yoktur, bırakın kendilerini haklı görsünler!"*[2]

Sevgili Dost,

Seni gerçekten sevenleri, tatlı sözlerle seni onaylayanların içinde değil, arılarını sana gönderenlerin içinde ara. Sakın sözlerime kızıp da aynayı kırma. Antik bir Osmanlı aynasının üzerindeki şu kelimelere kulak ver:

---

2. André Gide.

"İtme mir'âtı şîkeste, seni yüz sûrete kor."

Kırma aynayı, o da seni yüz parça eder.

Sevgili Dost,

Çinliler, *"Balık tutulunca ağ unutulur,"* diyorlar.

Beni unutma!

58

Sevgili Dost,

Son mektubumda gönderdiğim fotoğrafın beni ne kadar yansıttığını soruyor, *"Siyah-beyaz fotoğrafı tercih ederim,"* diyorsun. Diyorsun ve beni 1927'lere götürüyor ve ilk fotoğraf makinesinin karşısına oturtuyorsun. Fotoğrafçımın ismi Joseph Nicephore Niepce. İşte kurşun ve kalay alaşımından yapılma bir levhayı bitümle kaplayıp bir kamera içinde ışığa tutuyor. Işık alan yerlerde sertleşiyor kaplama. Sonra eritiliyor sertleşmemiş olanlar ve ilk kalıcı fotoğraf ortaya çıkıyor.

Ansiklopediler, *"Fotoğraf makinesinin icat edilmesi ilk kez her türlü nesnenin aslına uygun görüntüsünün kısa sürede elde edilmesini sağladı,"* diyorlar. Senin itirazın da bu noktada zaten. Fotoğrafların *"aslına uygun"* olup olmadığını soruyorsun bana.

Elbette hiçbir fotoğraf aslına uygun değildir. Belki her görüntü bir adanın etrafındaki kayıklar gibi aslın çevresinde dolanır durur. Bazıları yaklaşsa da kıyıya, iskeleye bağlanmayı çok az kayık hak eder. Onlar da aslın tamamını değil, cüzlerini temsil ederler. İşte beğenmediğin fotoğrafımdaki güleryüzlü görüntüm de o cüzlerden biri. Siyah-beyaz fotoğrafı daha çok sevdin; çünkü o iskeleye bağlanmayı hak eden kayıklardan biri. Gözlerimi dahi göremiyorsun ama, orada; o flu görüntüde ruhuma yaklaşıyorsun.

Sevgili Dost,

Picasso'ya yaptığı tabloların gerçeği yansıtmadığı söylendiğinde şu cevabı vermiş: *"Zaten gördüğümüz hiçbir şey gerçekte olduğu gibi değildir ki!"*

Fotoğrafçılar deklanşöre basmadan önce, *"Gülümseyin!"* diyorlar. Gülümseyin ve örtün yaşadıklarınızı.

Eski albümleri karıştırırken, saça takılan yapma güller gibi, dudaklarımızın bir kenarına iliştirilen tebessümler hep acı vermiştir bana. Gülümsemek insanlara yakışır elbet. Bundan neden mi acı duyuyorum? Çünkü insanlar gerçek hayatlarında birbirlerine çok az gülümsüyorlar.

Sevgili Dost,

Gördüğümüzü değil, görmek istediğimiz şeyi görüyormuşuz. Demek zihnimizde önceden kurduğumuz dekorlar var; oyuna uygun olmasa da. Bu yüzden bahar dekorunda paltosuna bürünmüş adamlar, saray dekorunda mağara insanları...

Sevgili Dost,

Fotoğrafı, önce kurşun-kalay, sonra gümüşle kaplı bakır levhada, daha sonralarıysa filmde ve kâğıtta sabit kılan şey ışığa duyarlı oluşlarıdır. Ancak ışığa duyarlı olan maddeler gördüklerini sabitleştiriyorlar, kalıcı kılıyorlar. Burada, *"Işığa ne kadar duyarlıyız?"* sorusunu sormanın tam zamanı galiba.

Sevgili Dost,

Sence ışığa ne kadar duyarlıyız? Bu soruyla yalnız gözlerimizin değil kalbimizin de görüp görmediğini sorgulayabiliriz. Kur'ân'ın *"Kalplerinde hastalık olanlar"*a değil, *"inananlara"* tesir etmesinde de galiba bu sır var: Işığa duyarlı oluş.

Sevgili Dost,

Kalplerimizi ışığa duyarlı gümüş levhalar haline getiremezsek başımızı gövdemiz üzerinde nasıl dik tutabiliriz? Nasıl başederiz kendimizle, gördüklerimizle ve göremediklerimizle.

Sevgili Dost,

Fotoğrafta, pozitif görüntüler negatif görüntülerle basılır. Sıkıntılar bunaltmasın seni.

Lütfen gülümse fotoğrafın çekiliyormuş gibi her an.

59

Sevgili Dost,

İşte kalbimi titreten zarf. Senden geliyor. O gün, zarf şeklinde yoğruluyor ekmekler, pencerelerin eni genişliyor, hakemler ceplerinden zarf çıkarıyorlar. Postacılar, makinistlerin ellerini bağlayıp yerine kendileri geçiyorlar, artık trenler uç uca eklenmiş zarflar. O gün zarftan tespihler çekiyor volta atarken mahkûmlar. Güneş zarf şeklinde batıyor; kıyamet alameti mi?

İşte kalbimi titreten zarf. Onu açmayacağım. Bütün gün gezdireceğim cebimde. Kaşıklar, üzerinde duman tüten çorba kâselerine dokunmak için işaret beklerken, ben neden açayım orucumu? Ya zarfı açar açmaz kelimeler kelebeğe dönüşüp uçarlarsa! Ya zarfı açar açmaz pimi çekilmiş bomba patlarsa! Ya zarftan taşan sular barajı patlatırsa!

Sevgili Dost,

Benimle birlikte bütün şehri dolaştı; iftar çadırlarında sıraya girdi, vapurda martılara simit attı, ayakkabılarını boyattı zarf. Ceketimin iç cebinden kalbimin tıkırtılarını dinledi ve bir doktor edasıyla, *"Ateşin var!"* dedi.

Sevgili Dost,

Lokman Hekim'e, *"Hikmeti kimden öğrendin?"* diye sormuşlar. Şöyle demiş: *"Körlerden öğrendim; çünkü bir yeri değnekleriyle yoklayıp, iyice anlamayınca adım atmazlar."* Ben de zarfı ışığa tuttum, kulağımı dayayıp dinledim, hatta kokladım. Yine de tereddüt ediyorum açıp açmamak için. Hayır, açmıyorum.

Sevgili Dost,

Her şeyi tükettik. Tarlalar dolusu buğdayın anıza, bulutlar dolusu yağmurun sele, küfeler dolusu üzümün sirkeye dönüştüğünü gören bir adama zarfı açmaktan neden korktuğunu sorabilir miyiz? Bırakalım ümidini korusun. Bırakalım hayatında bir kez olsun, yaptığı şeyler için değil, yapmadığı bir şey için sevinsin.

Hangi sevinç mi? *"Bilinmeyenin"* merak ve acıdan başka şekerliğinde ne var? Misafire, *"Bir tane daha buyurun,"* diyen ev sahibi! Şekerliğinde ne var?

Sevgili Dost,

Sadi, *"Bir özrün varsa bugün söyle. Yarın söyleyemezsin,"* diyor. Belki bu söz üzerine zarfı açmak gerekiyor, ya özrü varsa! Belki bu söz üzerine zarfı yakmak gerekiyor, ya özrü varsa!

Sevgili Dost,

İşte kalbimi titreten zarf!

Elimi ceketimin iç cebine götürüp dışarıya çıkarıyorum onu. Karanlığa alışmış, gözleri kamaşıyor. Mektup açacağını yaklaştırıyorum. Sivri ucunu zarf kapağının aralığına sokuyorum.

İşte kalbimi titreten zarf!

Hayır, açmıyorum!

60

Sevgili Dost,

Defalarca duymamazlıktan geldiğim, her seferinde gitmemek için bahaneler bulduğum ya da unuttuğum bir daveti dün gece reddedemedim. Onları unutmuştum ama onlar ısrarla beni hatırlamaya devam etmişler, işte bu gece ellerini bir kere daha uzatmışlardı. Raf yüksekti, sandık derindi, çekmece kilitliydi, ellerim toz içindeydi; demek elimi sıkmışlardı. Sararmış koltuklarına buyur ettiler; anlatacakları olmalı. Sararmış bir tepsi uzandı önüme; sararmış fincanlar, kaşıklar; yalnız çay kırmızıydı. Bir de yüzüm.

Sevgili Dost,

Eski mektupların daveti vardı dün. Karanlığın içine yıldızlar gibi saçılmışlardı. Hangisinin ışığına baksam başka bir koltuk gösteriyor, hangisinin eline dokunsam tir tir titriyordu.

Mermer lahitlerin arasında yürümeye başladım. Ay da benimle beraber yürüyor, korkumu içine çekip ışığını yüzüme üflüyordu. Mermer lahitlerin altında krallar altınlarını sayıyorlardı ve şıkırtıları cırcır böceklerinin sesini bastırıyordu. Sonunda lahitlerden birinin önünde durdum. Kapağını açıp kralı ve altınlarını çıkaracaktım. Ay yol gösterir gibi ışığını tam da kapağın üzerine düşürmüştü. Korkuyordum. Tam vazgeçip geri dönecekken ay omuzuma dokundu. Cesaretimi toplayıp kapağı yerinden oynatmak için var gücümle yüklendim; ama buna gerek yoktu. Çünkü ağır taş kapak su üzerinde yüzer gibi kaymaya başladı. Korkuyla geri çekildim.

Zarftan çıkan ölü üzerindeki toprağı silkelemeye başladı. Ağır ağır yüzüne renk geldi. Saçlarını parmaklarıyla taradı. Bir krala benzemiyordu. Altınlarını paylaşmamak için dilenci kılığına girmiş de olabilirdi. *"Altınlar!"* diyecek oldum ki gülümseyerek elini uzattı ve gözlerinin akını gözlerimin karasına katarak, *"Ver onları!"* diye fısıldadı. Arkama bakmadan kaçmaya başladım. O kadar hızlı koşuyordum ki rüzgârım lahitlerin kapaklarını birer birer açıyor, her zarftan yeni ölüler fırlıyordu.

Sevgili Dost,

Yerimde çakılmış, soluğumu tutmuş, mektupları zarflarından çıkartmaya çalışıyordum. Çayım soğumuştu. Yırtılıp atılmamış, ama ikinci kez okunmamış ne kadar çok mektup vardı. Nasıl açıldıkları, nasıl açıldıkları hakkında ipucu veriyorlardı. Bazıları mektubu göndereni incitecekmiş gibi özenle, yırtılmadan açılmış, bazılarınıysa hangi sabırsızlığın, hangi öfkenin, hangi özlemin fünyesi ateşlemiştir bilinmez, âdeta patlamıştı.

Şarapnel parçaları; çatık kaşlı tarihler; hangi duygulara saplanmıştı. Mektuplardaki çocuklar büyümüş, mektuplardaki kazaklar sökülmüş, mektuplardaki paralar tedavülden kaldırılmış, mektuplardaki hastalıklar iyileşmiş, mektuplardaki kardan adamlar erimiş, mektuplardaki ölüler çürümüş, mektuplardaki hırsızlar yakalanmıştı.

Bazı zarfların içinden tebrik kartları çıkıyordu. *"Doğum günün kutlu olsun!"* yazılı kartın üzerindeki yemyeşil ağaç yapraklarını dökmüştü. Bu sarı kart da bir çöl postanesinden atılmıştı ve üzerinde develer vardı; hörgüçlerindeki su tükenmişti ama, halıcı vitrinlerindeki içi doldurulmuş kuzular gibi dimdik ayakta duruyorlardı. Sitemler, kırgınlıklar, selamlar, özlemler, şaşkınlıklar, sevgiler; parmağınızla dokunduğunuzda yıkılıveriyorlardı.

Bu satırları kim yazdı? Kalem durmuyordu ama parmaklar yerindeydi. Bu satırların üstünü kim karaladı? Göller kurumuştu ama ırmaklar yerindeydi. Yerinde olmayan bir kelimeyse satırların içinden fırlayıp aramaya başladı yerini. Yerinden edilen bir mülteci, özledi ülkesini.

Sevgili Dost,

Artık sona ermeliydi zarfların bu daveti. Kalamazdım daha fazla. İzin istedim, kalktım, gidecekken ayağım bir cümleye takıldı. Zarfın birinden düşmüş olacak: *"Ölüm de bir özlemdir aslında."*

Sevgili Dost,

Eski mektuplar, günü geçmiş bir gazeteden daha değerli olduklarını göstermek ister gibi, ölülerin değil, dirilerin üstünü örtüyorlardı.

61

Sevgili Dost,

Son dikişi atan cerrah, son oku fırlatan savaşçı, son bakraç suyu çeken bahçıvan, son sandalyeyi tekmeleyen cellat, son haberi okuyan spiker, son duayı yapan mahkûm, son düğümü çözen balıkçı, son gemiyi yakan fatih, son elbiseyi deneyen müşteri, son provayı yapan terzi, son kâğıdı çeken kumarbaz, son ağacı kesen oduncu, son köleyi parçalayan aslan, son yapboz parçasını yerine koyan çocuk, son yaprağı yere bırakan ağaç, ellerini omuzuma koydular; bu altmış birinci mektubun fotoğrafıydı. Kalbi ipe değen koşucuyla, topukları yere değen paraşütçü bu fotoğrafa giremediler; çünkü bitirmenin sevincini yaşamışlardı. Oysa bitiş çizgisinde koca bir gölge, oysa iniş noktasından uzağa atmış rüzgâr, sevinç hangi akla hizmet etmede, en üst dalda yanıp dururken, kopartmışlar ayı dün gece.

Hâlbuki ay, Yemen'deki askerin son sığınağıydı. Çölün sokakları yoktu ve postacılar adres ararken delirmişlerdi. Gidenin gelmediği yere şimdi kim yazacaktı? Yemen'deki asker bağırdı; öyle bağırdı ki, kumların içinden yılanlar, akrepler ve kertenkeleler fırladılar; fırladılar ve bu sesin sahibi için dua ettiler. Yemen'deki asker telgrafın tellerini kurşunlayamazdı, çünkü göğe baktığında gördüğü yalnız yıldızlar ve aydı. Evet, aydı! İşte o zaman muhayyilesi elinden sıkıca tuttu. İşte o gece Yemen'deki asker kalbine sesini duyurdu. Ay o kadar büyüktü ki, çöl çok küçük kaldı. Ay o kadar parlaktı ki, çöl kendini seyre daldı. Ay o kadar yakındı ki, Yemen'deki asker mırıldandı:

"Şimdi bakıyor mudur o da?"

Bakıyordur; çünkü ayın parlaklığı birden artmış ya da Yemen'deki askere öyle gelmişti. Artık geceleri iple çekiyor, kumların üstüne sırtüstü uzanıp gözünü aya dikiyordu. *"Bakıyordur."*

Gümüş tepsinin ayırdığı iki şehir birbirine doğru süzülüyor, yeni yıkanmış ceviz ağaçları çöle düşerken, aylardır su yüzü görmemiş hurma ağaçları Boğaz'ın tepelerine dökülüyordu. İstanbul'da kum fırtınası çıkarken, Yemen'de Türk kahvesi içiliyor, çölde balıklar yüzerken, Boğaz'da kelimeler kuruyordu. Yemen'deki asker eline ne geçerse tepsiye diziyor, anlatacak şeyleri gittikçe azalıyordu. Gündüzün sıcağını, gecenin ayazını, kum tepelerini, siyah yaşmaklı Bedeviler'i, sıcağı emen çamurdan evleri, korkuları, silahları, ölümleri, özlemleri, akrepleri ve çadırları göndermiş, karşılığında; Boğaz'ın rüzgârlarını, Yedikule'nin çığlıklarını, Büyükada'nın faytonlarını, Üsküdar'ın çeşmelerini almıştı. Yemenli asker bir süre sonra tepsiye koyacak bir şeyi kalmayacak diye korkuyor, geceleri aniden yatağından fırlayıp kumların üstünde saatlerce koşuyor, bir Bedevi her seferinde siyah kıldan çadırını aralayıp askerin toz bulutu içerisindeki gölgesini izliyor, yere kapaklandığında gözlerini yumup başını tekrar çadırının içine çekiyordu.

* * *

Göğsü yırtılmış askerin tepesinde bir hemşire gibi duruyordu ay. Pamuğuyla dudaklarına su damlatıyordu. Sabaha kadar ayrılmayacaktı başından, ya da askere öyle geliyordu. Oysa çadır aralanmış, çıplak ayaklar kuma değmiş, güneş kumların altından homurdanmaya başlamıştı. O da ne, kararmıştı ay.

Asker görmeye çalıştı ayı. Elini alnına siper etti, gözlerini kıstı, bütün dikkatini karanlığa yoğunlaştırdı ve gördü. Bu Bedevi'nin siyah yüzüydü; dudakları bir yere yetişmek ister gibi telaşla koşuyordu. Yemenli asker, konuşmasından hiçbir şey anlamadığı Bedevi'nin yardımına geldiğini anladı. Telaşla koşturan dudakların yetişmek istediği cümle şu olmalıydı: *"Bana İstanbul'u anlat!"* Asker, Bedevi'nin yüzüne bakıp gülümsedi. Bu cümleyi bir yerden hatırlıyordu.

Sevgili Dost,

Sana bu satırları ayı koparılmış bir göğün altında yazıyorum. Aşılı bir omuz gibi yeri hâlâ duruyor. Nerede yaşadığını bilmiyorum. Altmış birinci mektup kefareti ödüyor.